吾輩は歌って踊れる猫である

芹沢政信

講談社
タイガ

目次

カバーイラスト――丹地陽子
カバーデザイン――岡本歌織（next door design）

吾輩は歌って踊れる猫である

第一話　吾輩《わがはい》は猫ではない

1

敵が構えているのはライトセーバー、ぼくに渡される武器はトイレットペーパーの芯《しん》。
敗北感をひたすら味わうだけのステージをプレイしている。
そのゲームのタイトルは、人生という。

◇

幼稚園のころ。ぼくは絵を描くのが得意で、両親もよく褒めてくれた。

だけど隣の組にいた子がプロ顔負けの精緻《せいち》な花をクレヨンで描き、先生のみならず周囲の人々を驚かせた。

小学生のころ。リトルリーグに入団したぼくはチームの中で誰よりも長く練習し、六年生になってようやくスタメンになることができた。

だけどぼくよりも遅くに野球をはじめた同級生は、四年生のうちからスタメンだった。

それでもぼくは努力した。

中学生になるとゲームやマンガはもちろん、友だちづきあいすら捨てて猛勉強した。県内屈指の進学校に入り、そこで都内の名門大学を目指す。遊びほうけているばかとは違うのだと、証明してみせると。

結果はどうだった？

受験日当日に風邪を引き、三年間の努力はあっさり無駄になった。そのうえ受験間近になって勉強をはじめた隣の席のばかは、ぼくが目指していた高校に合格した。

天才はあっというまに凡人を追い越していく。

世の中の厳しさを教えるために。

考えようによっては、運がよかったとも言える。

人生《ゲーム》での勝利を、早めに諦《あきら》めることができたのだから。

◇

サカナクションの弾むようなメロディに合わせて、高々と積みあがったあんパンのタワーが押し寄せてくる。カタンカタンと揺れたり震えたりしながら、際限なく。群馬のしょぼくれた食品工場から安さが売りの新宝島——すなわちコンビニやスーパーに旅立っていく彼らを仕分けするのが、ぼくに与えられた役割だ。

職場では作業の効率を上げるために有線放送が流れていて、頭の中に様々な音楽を植えつけていく。米津玄師、西野カナ、きゃりーぱみゅぱみゅ、Mr.Ｃｈｉｌｄｒｅｎ、ゆず、スピッツ、宇多田ヒカル。国内のヒットチャートばかりかと思えば、ビリー・アイリッシュやジャスティン・ビーバーが流れ、かと思えばビートルズやニルヴァーナが流れはじめる。

音楽はいい。時給千円のフリーターだろうと、誰にでもできる簡単な仕事しか与えられていないとしても、数多《あまた》のミュージシャンが奏《かな》でる名曲を聴いているときだけは、ぱっとしない現実をつかのま忘れることができる。

不毛な夜勤を終えたあと。チャリをこぎつつダフト・パンクを再生すれば、ど田舎《いなか》の農道はネオンきらめくサイバーシティに早変わり。家に帰って湯船の中。労働の疲れを癒《いや》しつつビートルズの曲を口ずさめば、ジョンやポールを連れて黄色い潜水艦に乗りこむことができる。あとは布団にダイブするだけ、夢見心地のまま一日のライブが幕をおろす。

代わり映えのない日常を生きていたとしても。

取るに足らない人間だろうと。

音楽を聴いているときだけは、世界は劇的で、ぼくは特別な存在だ。

◇

日常をおびやかす音楽というのもある。お気に入りのミュージシャンがいるなら当然嫌いなミュージシャンもいて、そんなやつの曲が売れに売れてCMや有線放送で延々流されようものなら、逃れようのない地獄がこの世に現れる。

やめろ、やめろ。お前の歌声なんて聴きたくない。

平日のコンビニでそんなことを叫んでも不審者扱いされるだけだし、店の前でたむろしている女子高生たちが話題にしていたところにじろりと視線を投げたとしても、うわなにあいつキモとささやかれて脱兎《だっと》のごとく逃げだすはめになるだけだ。

季節は三月、春休みも間近だから浮かれているのだろう。でなければ思春期の気の迷いとはいえ、軽薄の極みのようなミュージシャンにああも心酔するとは思えない。

ぼくはぶつぶつと呪詛《じゅそ》の言葉を吐《は》きながら、通りすがりのにゃんこに手招きをする。

昔から動物とばかり戯《たわむ》れていたおかげで、初対面の猫ちゃんだろうと簡単になでることができる。野良猫が相手なら「いつまで実家で親のすねをかじっているの?」と手痛い質問をぶつけられる心配もないから安全だ。

そうして帰宅すると、母親が「モニカちゃんが失踪《しっそう》した」と話しかけてきた。

ぼくは苦虫を噛《か》み潰《つぶ》したような顔を取り戻して、「知っているよ」と返す。

朝にはネットで流れていたし、コンビニの前にいた女子高生たちも話題にしていた。

藤見萌仁香《ふじみもにか》ことMO2CA。

今や米津玄師やあいみょんなどと並ぶ人気ミュージシャン――彼女がスタジオに顔を出さぬまま、行方知れずになったというニュースである。

「どうせバックレだろ」

「やけにあっさりした反応ねえ。心配じゃないの?」

「そりゃファンからしたら大騒ぎだろうけどね。前だって無断でバカンスに行って大問題になったじゃないか、売れているからって調子に乗りすぎなんだよ」

ぼくがそう吐き捨てると、母親は呆《あき》れたのかそれ以上話しかけてこなかった。

しかし呆れるべきはむしろ、モニカの素行である。

彼女がトラブルメーカーなのは有名だ。バックバンドのドラマーと口論になって頭にカレーをぶっかけたり、国会議事堂の前でゲリラライブをしようとして捕まったり。

世間の厳しさを知らないから好き勝手に暴《あば》れるわけで、ならばいっそこのまま引退して実家の中華料理店の手伝いでもしていればいい。

なんて舌打ちしつつ自室に向かうと、おかしなものがベッドに鎮座《ちんざ》していた。

使い古しのモップ。いや、もぞもぞと動いているような。

よく見れば机に置いておいたはずのポテトチップスを、一心不乱にばりばりと食べている。茶色の毛並みは泥でうす汚れていて、見るからに野生といった風情。

ぶさいくな猫ちゃん。……どうしてこんなところに？

散歩の途中でちょっかいをかけた野良とは違う。あのときのやつは白い子猫で、目の前の毛玉とは似ても似つかない。

まあいいや。あんまり可愛《かわい》くないし、さっさとご退散願おうか。

そう思って手を伸ばすものの、するりと逃げられてしまう。むっとしてにらみつけると、相手はおどけるようにべろりと舌を出してくる。

なんだこいつ、人間みたいに煽《あお》ってきたぞ。ぼくの反応を楽しんでいるようでも見透かしているようでもあり、なんとも腹立たしい毛玉である。

こうなったら意地でも追いだしてやらなくては。楽しみにしていた抹茶コンソメ味をまるっとたいらげやがって、お仕置きがないだけありがたいと思え。

決意を新たに勢いよくつかみかかろうとすると、

『ごちそうさま。味はいまいちだったけど』

いきなり声が響いてくる。

耳もとでささやきかけられたような、頭の中に投げかけられたかのような。

誰が喋《しゃべ》っている？

この部屋には今、猫しかいない。

窓を開けて外をキョロキョロと見まわすも、周囲にはやはり、猫しかいない。

ぞっとして振りかえると、

『どーも、こうして顔を合わせるのは何年ぶりかしらね。私に会いたくて会いたくて泣いちゃったりしていない？　寂《さび》しくて寂しくて恋《こ》い焦《こ》がれちゃったりしていない？』

不気味な声に合わせてぱちくりと、モップのような猫がウインクを返してくる。

だから人間みたいな動きをするなって。なんなんだよ、お前は。

ありえない、いくらなんでもファンタジーすぎるだろ。

頭の中ではそう否定したがっているのに、ばかげた考えがとまらなくて。

目の前の毛玉に、かすれた声で話しかけてみる。

「その頭が悪そうな喋りかた……。ひょっとしてお前、モニカなのか？」

『あら、あなたにしちゃ頭の回転が速いわね。そう、今をときめくスーパースター。全米が泣きながら可愛いは正義とぴょんぴょんした歌姫ちゃんとは、私のことよ』

猫はそう言ったあと、嬉《うれ》しそうに「にゃあ」と鳴く。

まったくもって、わけがわからない。

幼稚園のころにクレヨンでプロ顔負けの精緻な絵を描き、リトルリーグでは四年生のうちからスタメンになり、ぼくが風邪を引いて受けられなかった高校に合格し、だというのにあっさりと中退して上京した幼《おさな》なじみ。

あれから五年――人気ミュージシャンとして成功していたはずの藤見萌仁香が、しばらく見ないうちにずいぶんと丸っこくなっている。

『呪《のろ》われてしまったの』

と、彼女は言った。

困ったことに、猫になった理由としてはこれ以上ないくらいの説得力があった。

◇

自分の頬《ほお》をつねってみる。何度も何度もつねる。一刻も早くこの悪夢から逃れたくて。

モップのような猫がケタケタと笑う。

信じがたい光景にもかかわらず、常識以外のすべての感覚が、腹立たしいその態度に懐《なつ》かしさを覚えている。その場で何度も深呼吸し、手のひらに『人』という字を書いて呑《の》みこみ、ようやく心が落ちついたというか諦めの境地に達したあとでまず浮かんだのは、

「呪われたってもしかして、ラクガキされた地蔵様の祟《たた》り……？」

『そりゃ小五のときの話じゃないの。今となっちゃ時効よ時効』

「じゃあ蹴倒《けたお》された稲荷《いなり》様のほうか」

『ちーがーうー。猫にされちゃったんだから、猫に呪われたに決まっているでしょ』

察しが悪いわね、とでも言いたげな態度だが、こんなばかげた話を理解しようと試みていることにまず惜しみない拍手を送ってほしい。

当時の話が通じることからしてこの毛玉が幼なじみだというのは間違いなさそうだし、今の供述どおり猫に呪われたのだとすれば、いったいどんな悪さをしたのか。尻《しり》に花火を挿して飛ばしたか。それとも鍋《なべ》で煮て食ってしまったか。

『めちゃくちゃ失礼なこと考えてない？　言っておくけどデビューしてからの私は清廉潔白。ライバルに足をすくわれないように日々、闇《やみ》属性ではなく光属性のミュージシャンを心がけていたの。だから今回の件もまったく非はなし、完全なる被害者』

ぼくはその言葉を笑い飛ばす。長いつきあいの中で彼女が無実だったことは一度もないし、統計学的にも経験則的にもモニカこそ悪だと断じてなんら不都合はないはずだ。

それでもまずは詳しい話を聞いてみるか。わけがわからぬまま翻弄《ほんろう》されている今の状況だけは、とてもじゃないが我慢できそうにない。

◇

私はミュージシャンとして行き詰まっていた。いわゆるスランプってやつね。

いかに天才とはいえ、いや天才だからこそ、さらなる高みを目指して壁にぶち当たることがある。今や私の代表作になった〈レクイエム〉――あれ以上の曲をこの先一生、作りだせるとは思えない。ミュージシャンとしての限界、インスピレーションの枯渇……なんて、音楽センスが壊滅的なあなたに言ったところでわからないかしら。

待って待って！

窓から放り投げようとするのやめて！　どうぶつぎゃくたいははんざいよ！

と、とにかく！　当時の私はやさぐれていました。

さながら鋭利なナイフみたいに、近づくものすべてを傷つける。ＳＮＳでアンチに噛みついて、ヤフーニュースのトップを飾る大炎上をかましたりもしたわ。

あのころの私は若かった。かれこれ一ヵ月前の話だけど。

そんなこともあってクソマネージャーにアカウントを削除され、新曲を作ろうにも遅々として進まない。そうなるともうハッパ吸うしかないでしょ？

でも私は冷静だったので、清く正しく昼間からビールを飲んで寝るだけの生活をするこ

とにしました。そうなるとびっくり！　一気に体重が増えた（笑）

……いいから猫になった理由を話せって？

そうよね、前置きが長くなるのが私の悪いところ。でもここからが本題。

楽曲制作はさておき痩《や》せなきゃやばいと思ったわけだけど、昼間は人目につくし、ジムも身バレが怖いから、深夜にジョギングをすることにしたの。

スタジオがある新宿から近くて、なるべく目立たないところ。

つまり高田馬場《たかだのばば》の、くっそ汚くて傾斜がえぐい坂道。

そしたらある日、走っている最中にぼんやりと光っている提灯《ちょうちん》が見えた。

はっとして足を止めると、賑《にぎ》やかな笑い声まで聞こえてきたの。

こんな夜中にお祭り？

月のない夜だったから闇に浮かぶ光はなおさら鮮やかに、そして妖《あや》しげに見えた。

どう見たって普通じゃない。全身の毛穴がぶわっと開いて、いても立ってもいられなくなってくる。だってそうでしょ、クレイジーとワンダーはモニカちゃんの大好物だもの。

私は吸い寄せられるように、不思議な提灯を目指して走った。

酔っぱらったまま寝ている大学生を踏みつけて。

誰かが残していったゲロや、道路にぶちまけられたカップ焼きそばを乗り越えて。

影の巨人みたいなビルの隙間《すきま》を抜けると、そこはもう別世界。赤や黄色の花々、アニメかゲームでしか見たことのないでけえキノコがアスファルトに生《は》えていて、いよいよやばそうな雰囲気が漂っていた。

だけど恐怖よりもわくわくのほうが強かった。私はえいやっと乗りこんでいった。

そうしたら踊っていたのよ。

猫が。

円陣を組んで、やんややんやと。

この世のものとは思えない光景って、猫が踊る姿を言うのでしょうね。

五分か十分か、それとも一時間か。とにかくしばらくの間、その場で眺《なが》めていたわ。

やがて向こうも私に気づいたみたい。

一斉に踊りをやめて、こちらをじっとにらみつけてくる。

正直びびったけど人類代表としてナメられるわけにいかないし、か弱いモニカちゃんは勇気を出してメンチを切ってやったわ。そうしたらティム・バートンの映画みたいな謎《なぞ》空間がさあっと消《き》え失《う》せて、私はただ汚いだけの路地裏にひとり取り残されていた。

今のは夢？

そう思って夜の闇を見あげると、ひときわでっけえ猫がビルのうえにいる。

傍《かたわ》らには星空みたいにキラキラと瞬《またた》く、無数の光る瞳《ひとみ》。

『これは神聖な踊りなり。ゆえに他言はせぬこと』

頭の中におどろおどろしい声が響いてきて、私は思わず腰を抜かしてしまった。

そして次に顔をあげたときには、猫たちの姿は消えていた……。

◇

ベッドに寝そべりながら語るモニカを、腕を組んで立ったまま見おろす。話の続きがあると踏んで待っていたのに、当の毛玉はポテチの袋をぺろぺろと舐《な》めはじめた。

「肝心の猫になったタイミングはどこだよ。今の話だけだとジョギングの最中に不思議な光景に出くわしてしまった、という怪談でしかないぞ」

『最後に猫から言われたでしょ、他言はせぬことって』

ああ、こいつばかだから周囲にぺちゃくちゃと喋りまわったのか。

与太話もいいところだし、真に受けるやつなんていなかったはずだ。ぼくだって幼なじみの声で喋るにゃんこを前にしていなければ、鼻で笑っていたことだろう。しかしそれはそれとして、化け猫の怒りはばっちりと買ってしまったのかもしれない。

するとモニカはひとこと、『ＹｏｕＴｕｂｅ』と言った。

嫌な予感がして【猫踊り】で検索すると、

「五億回再生⁉　世界規模で拡散してんじゃねえか⁉」

『他言はしてないから。私がしたのはアップロード』

「そのふざけた理屈が通用すればよかったな。ていうか動画まで撮ってたのかよ……」

呆れはてたあげく、頭を抱《かか》えてしまう。現場の映像なんて証拠まで見せられてしまったのなら、いよいよ信じるほかなくなってくる。

モニカは昔からこういうやつだった。

普段は偉そうにしているくせに、困ったときだけぼくの前にやってくる。

『お願い、ちょっと手を貸してくれない？　あなたって昔から野良猫とかの扱い上手《うま》かったし、こんな姿になってもすぐに私だってわかる相手、ほかに心当たりがないの』

大嫌いな幼なじみが、丸っこいにゃんこになって、すがるように言いやがる。

五年も経《た》ったのにまったく成長していないどころかあらぬ方向に悪化していて、つい苦笑してしまう。腐れ縁、切っても切れない関係、お世話係、そんな言葉が脳裏をよぎる。

モニカの瞳はキラキラとしていて、まさしく飼い主に甘えるペットのようだった。

思えば最近は誰かに頼られる機会なんてほとんどなく、しおらしい声で鳴く幼なじみを見ていると、彼女に振りまわされていた日々の記憶が蘇《よみがえ》ってくる。

こいつは今でもひたすらまっすぐに、ぼくなら助けてくれると信じているのだろう。

だから、

「絶対にいやだ。さっさと失《う》せろ」

『ええ……っ⁉　可愛い幼なじみが頼んでいるのに！』

「そうだな、今は猫だからちょっと可愛いな。でも最初は困った顔して頼むくせに、すぐに図々《ずうずう》しくなるのがわかっているからな。昔のトラウマを思いだすと反吐《へど》が出そうだよ」

『ケチくさいこと言わないで、ね？　今をときめくモニカちゃんにお願いされるなんて、むしろ感謝したっていいくらいなんだからさ』

「言っているそばから本性を出しやがって……。お互い立派な社会人になったことだし、今日こそ決別しようじゃないか。さあ森へお帰り」

ぼくは忌々《いまいま》しい毛玉をぐいとつまみ、窓の外へ放り投げる。するとサッカーボールみたいにくるくると回転したあと、華麗に着地を決めてポーズを取った。

思っていたより余裕がありそうだな。いっそこのまま猫として生きるがいい。

そのほうがきっと、世界は平和になるはずだ。

◇

モニカはしばらくの間、窓の外でぎゃーにゃーと騒がしく鳴き声をあげていた。

築五十年になる我が家のボロ壁に体当たりして強行突破を図ってみたり、窓枠に爪《つめ》を立てて耳ざわりな音を鳴らしたり、近所迷惑もいい加減にしろと言いたくなる。おまけに、

『勘違いしているかもしれないけど、今の私は口で喋っているわけじゃなくて、あなたの頭に直接語りかけているの。いわばブルートゥース接続』

そのせいか、窓を閉めきっていてもモニカの声が響いてくる。

これは厄介だ。どんな嫌がらせをされるかわかったものじゃない。と思っていたらさっそく、頭の中にマリリン・マンソンの歌が流れはじめる。

『だからこういうことだってできるわけ。寝ているときもうんこしているときもエンドレスでドープ・ショーしてあげるから』

「くそっ！　お前がなにをしようと、ぼくは屈しないぞ」

『勝手なことを言っているのはわかっているけど、今はあなたしかいないの。脳内ブルートゥース接続するには条件があって、お互いを知りつくしていないとだめなわけよ。幼なじみなんてよくも悪くも以心伝心、おかげで通信エラーがなくて快適そのもの』

モップの毛玉が窓越しに、投げキッスを放ってくる。

あまりのばかばかしさについ吹きだしそうになるが、ぼくはしかめ面を作ってから、

「お前のゆんゆん電波を浴びていると思うと、余計に追いだしたくなってくるよ。ていうか知りつくしている相手ならまず、家族を頼れや」

『イジワル言わないでよ、家出同然で上京したの知っているくせに。それにママは心臓が弱いし、パパはやたらと迷信深いから。妖怪《ようかい》版のオレオレ詐欺《さぎ》だと考えて、猫になった私

をラーメンの出汁《だし》にしちゃうかも』

なんて話したあとで、しくしくと泣《な》き真似《まね》をはじめるモニカ。

さっきから妙な小芝居が多いけど、頼れる相手がいなくて切羽詰《せっぱつ》まっているのは事実らしい。ぼくのおやつを勝手に食うだけならまだしも袋の残りカスまでぺろぺろしていたことからして、女子としてのプライドを早くもかなぐり捨てているようでもある。

猫に呪われたのは自業自得とはいえ、さすがにちょっと哀《あわ》れに思えてくるな。

……いや、うっかり同情して底なし沼に沈められるのがいつものパターンじゃないか。

そうでなくとも今さらモニカの言いなりになるのは、悪魔に魂を売ることに等しい。

とはいえ踏んづけたガムみたいな性格を考えるといつまでも粘着してきそうだし、断固として拒否したとしても結局、毛玉の影におびえながら生活することになりかねない。

『こうなったら最後の手段よ。あなたが欲しいと思っているものをなんでもあげる』

「じゃあ不老不死か血の繋《つな》がらない妹」

『これは冗談じゃなくてリアルな提案。元の姿に戻れたらだけど、私にできる範囲なら望みを叶《かな》えてあげるってば。もちろん身体《からだ》でご奉仕ってのもあり』

それこそタチの悪い冗談じゃないか。

しかしギブアンドテイクの関係であるなら、ぼくとしてもどうにか我慢ができるかもしれない。いっちょ法外な報酬を要求して、この憎たらしい幼なじみを困らせてやろう。

「じゃあお前の音楽を寄こせ。これまで作った曲、この先作る曲すべての権利を譲渡しろ。それが無理っていうなら、諦めてもらうしかないかもなあ」

『あなたってさあ、私の嫌がることだけはよく思いつくわよね……』

まだまだ甘いほうだろ。過去にお前がしてきた嫌がらせに比べたら。

しばらくしてモニカが了承したので、窓を開けて部屋に入れてやる。猫になっているというのに、不満げなのが表情によく出ていた。

ともあれ彼女を元の姿に戻すことができれば、ぼくは晴れて億万長者だ。メフィストフエレスと契約する条件としては悪くない。それによっぽどの痛い目を見なければ、素行の悪さだって一生直らないだろう。ある意味では、猛獣の調教みたいなものである。

ひとつ問題があるとすれば、

「ちなみに呪いを解くための、具体的な方法とかわかるのか?」

『全然』

ぼくはため息を吐く。自分で解決できるくらいなら、音楽の権利を渡す覚悟まで決めて頼んでこないだろうからな。しかし手がかりがまったくないとなると、

「猫踊りを目撃したっていう、高田馬場の坂に足を運んでみるか。でも夜勤明けでしんどいから、せめて夕方まで寝かせてもらえると助かる」

『りょーかい。状況を再現するなら、暗くなってからのほうが都合はいいしね』

話がまとまったところで、ぼくは毛布にくるまって横になる。

するとずうずうしくもモニカがもぐりこんできやがった。

ひょいとつまんで床に放り投げようとするものの、途中でウッと鼻をつまんで、

「お前さ、雑巾《ぞうきん》みたいな臭《にお》いがするぞ」

『え、マジで。早くお風呂《ふろ》に入らなくちゃ』

誰が用意するんだよ、誰が。

しかし結局、うす汚い猫ちゃんをガシガシと洗うはめになった。

2

夕方に起きて車で移動。とっぷり日が暮れてから件《くだん》の坂に到着したものの、ぼんやりと光る提灯どころか、猫の姿さえ見当たらない。やはりそう簡単にはいかないか。

わざわざバイトを休んで遠征したからには、なんの成果もなしに帰るわけにはいかない。モニカと連れだってしばし、周囲を捜索することにする。

都内とはいえ平日の高田馬場。夜の坂道は人の行き来もまばらで、うっそうと茂る街路樹が風を受けてさらさらと揺れている。街の灯《あか》りに照らされているところから闇に向かって一歩踏みだしたなら、不可思議な空間に迷いこんでしまいそうな雰囲気は確かにある。

まあ人間のような仕草《しぐさ》をする猫と歩いているぼくとて、傍《はた》から見たらかなり怪しげに見えるかもしれない。なんて考えているそばからモニカがスンスンと鼻を鳴らし、

『待って、あいつらの残り香があるわ。複数の匂《にお》いが混ざりあっているし、このあたりにナワバリがあるのだけは間違いなさそうね』

言われて嗅《か》いでみるものの、ぼくにはさっぱりわからなかった。

猫の嗅覚《きゅうかく》は人間の数万倍から数十万倍。今や立派なにゃんこと化したモニカにしかわからない、微小なスメルが漂っているのだろうか。

というわけでモニカに先導を任せ、猫たちの残り香をたどることにする。

てこてこと歩く背中を追いかけていくと、次第に緑が増えてきた。下町情緒あふれる夜の街並み、イチョウ並木に囲まれた古めかしい神社。群馬県民からすると東京って高層ビルしかないようなイメージだけど、自然もあるところにはあるわけだ。しかも田舎よりずっと手入れが行き届いていて、見慣れた草木でさえ洗練されているように感じられる。

道の途中、コンビニの前で現在地を確認したぼくは「なるほど」と呟《つぶや》き、

「俺たちが追いかけているにゃんこ集団は、高田馬場じゃなくて雑司《ぞうし》が谷《や》から来たのか」

『あー、提灯を追いかけているうちに普段のコースから外れちゃっていたのかも。だけどそれがどうしてなるほどになるわけ？』

「このあたりは猫が多いことで知られるスポットだからだよ。いつだか雑誌の特集で読ん

で、ぼくもウォッチングに行きたいと思っていた」

『にゃんこを眺めるだけなら、地元でだってやれるでしょうに。暇人というかオタクというか、都内まで遠征しても動物くらいしかお相手がいないってのがまず笑えるわね』

「うるさいな。お前をほっぽり出して夜の店を楽しみにいってもいいんだぞ」

そんな金は手持ちにないけども。

なんて話をしていたらちらほらと、猫の姿が見えてきた。街灯の傍らからこちらをじっと見つめていたり、対面の道路からすささっと走り抜けていったり。民家の塀に座りこみ、こちらから近づいていくとぴょんと跳ねて、暗がりの中に溶けていったり。

中にはモニカみたいにべろりと舌を出してくるやつや、にゃっと挨拶《あいさつ》してから通りすぎていくやつまでいる。猫が多い場所にしたって遭遇率が高い気がするし、人や車よりも頻繁に見かけるというのはどうにも違和感がある。

まるでぼくらを警戒しているような、あるいは誘《いざな》っているような――揺るぎないはずの世界がじわじわと侵食されていくような気配を感じて、ごくりとつばを呑む。

残り香を追って歩くこと数十分、やがてひときわ緑豊かな場所にたどりつく。

雑司ケ谷霊園。

住宅が立ち並ぶなかにある、広大な墓地だ。

ひんやりとした冷気を感じるのは、夜に訪れたからというだけではないだろう。数多に連なる墓石はどれも立派で、暗がりの中だと黒々とした柱のように見える。

その間を縫うようにして走る狭い道にこわごわと足を踏みいれていくと、まるでゲームに出てくるダンジョンを探索しているような気分になってきた。

「ここも雑誌で読んだことがあるぞ。有名人のお墓がいっぱいあって、竹久夢二とか東《とう》條英機《じょうひでき》とか、あとは夏目漱石《なつめそうせき》とか――」

ぼくはモニカと顔を見あわせる。

漱石といえば猫、猫といえば漱石。

目当ての場所を見つけるのは簡単だった。いかにも野良という感じの育ちが悪そうな猫たちが集まっていて、無数の光る目を星空のように瞬かせていたからだ。

はたと気づけばあたりに煙のような霧が立ちこめていて、広々とした霊園は真っ白に染まっている。その中で神殿のごとき墓石が、ふよふよと浮かぶ提灯に照らされていた。

現実から切り離されている。そんな心細さを覚えつつ近寄っていくと、漱石のお墓のうえで寝そべっていた一匹の黒いデブ猫が、こちらを見て人間のように笑う。

あきらかに尋常でない雰囲気。

ぼくが気圧《けお》されていると、頭の中におどろおどろしい声が響いてくる。

『――吾輩は猫ではない』

待って。いきなり前提を覆された。

◇

『吾輩は猫のようで猫ではない、もっと曖昧《あいまい》かつ超常の存在。いわば神話生物だ』

「余計にわからなくなった……」

『人間の言葉を借りるなら、精霊とか付喪神《つくもがみ》に近い。長生きした猫が変じて力を得ることもあるが、吾輩の場合はこの世に生を受けたときからモノノ怪《ケ》をやっておる』

『つまり普通の化け猫よりすごい存在ってことなのかしら』

モニカのほうにも脳内ブルートゥースが接続されているのか、グループチャットばりにぼくらの会話に口を挟んでくる。

化け猫に普通もなにもないし脳内に語りかけてくる時点でかなり異常だけど、曖昧かつ超常の神話生物というよくわからない肩書を自称する猫の親玉はふんと鼻を鳴らし、

『そのとおり、吾輩はとてもすごいし偉い。その辺の野良猫に霊力を与えたり、相手が誰であろうと脳内に語りかけることができたり、言いつけを守らなかった人間のメスをみすぼらしい毛玉に変える力があるくらいにはな』

「あの……実はですね。すごくて偉いあなた様にお頼みしたいことがありまして」

ぼくはへこへこと頭をさげる。

ホラーな状況とはいえ丸っこいにゃんこが相手だけに恐怖感はうすいが、うっかり不興を買おうものならなにをされるかわからない。なるべく慎重に、そして礼儀正しくだ。

しかし猫の親玉は前足をすっとあげて制すと、

『まあ待て。今宵《こよい》は神事を催す日ではないが、こうして珍客が訪れたのだ。ちょいとこの場で踊ってみようじゃないか。さあ、ともに騒ごうぞ』

『ちょっ……なにこれ！　いや、やめて……身体が勝手にぃ』

親玉の言葉に従うように、モニカがぱたぱたと踊りはじめる。

やんややんやと、楽しそうに。

猫特有の柔らかい関節を活《い》かし、鳴き声に合わせてくねくねとリズムを取る様は奇妙のひとこと。そのうちに親玉やほかの毛玉も鳴き声をあげて踊りだし、眼前にこの世のものとは思えない宴《うたげ》が開かれる。

白、黒、茶虎《ちゃとら》にぶち、座布団のカタログみたいに様々な模様の猫が寄り集まったかと思えば、パズルのように組み重なってイソギンチャクめいた群体となる。うにょうにょと蠢《うごめ》いたあとでぱっと散り、親玉を頂点とした逆三角形のフォーメーションを作り独楽《こま》のようにくるくると回転する。そのまま飛びたっていくのではないかと疑うほど、高速で。

めまぐるしく変化していく踊りを呆然《ぼうぜん》としたまま眺めていると――やがて唐突に鳴き声の合唱がとまり、モニカがふぎゃっと地べたに転がった。

彼女の言葉は真実だった。

猫の踊りとは、珍妙と奇怪と滑稽《こっけい》を鍋で煮詰めたような、この世ならざる光景だ。たとえるならピカソやゴッホの絵。上手いとか美しいという印象ではないのに、そう感じたとき以上に圧倒されて言葉が出てこない。驚愕《きょうがく》と感嘆がないまぜになった表情でぼくが見守る中、親玉は再び墓石のうえに寝そべりこう告げる。

『吾輩はかれこれ四百年以上、折に触れてこの神事を催している。かつては西に百鬼夜行があれば東に猫踊りありと謳《うた》われるほどの由緒ある宴であった。それが今じゃどうだ？　雑司が谷の場末で、年中《ねんじゅう》ヒマそうにしている野良猫しか集まらねえ。あげく軽薄な人間のメスに見つかり、いんたーねっとの見世物にされる始末』

「ＹｏｕＴｕｂｅで五億回も再生されたわけだから、すごいっちゃすごいんですけどね……」

『しかし届かせたいところに届かないのなら、意味がない』

やけに静かな親玉の語り口に、ぼくは若干の戸惑いを覚えてしまう。

怒ってモニカを毛玉に変えたにしては、穏《おだ》やかというか覇気がないというか。

おかげで接しやすくはあるから、もうちょい探りを入れてみよう。

「じゃあ楽しいから踊っているというより、なんらかの目的があるわけですか」

『そうさ。なのにいつまで経っても成果があがらぬから、仲間のモノノ怪でさえやる気をなくしちまった。そんな中で部外者の人間に物笑いの種にされたら、腹が立つだろうが』

「わかりますわかります。うまくいってないときにからかわれたら、そりゃイラッとしますよね。ぼくだって同じ立場だったらモニカのやつをどついていたはずですよ」

『吾輩だってなあ、必死にやっておるのだ。なのになぜ、なぜ届かない……』

親玉はふっと夜空を見あげ、悲しげな鳴き声をひとつあげる。

相変わらず話が見えないものの、落ちこんでいることだけはよく伝わってくるな。もはや得体のしれないモノノ怪というより、酒場で飲んだくれているおっさんのようである。

地べたに転がったままのモニカに視線を移すと「あなたの出番でしょ」とアイコンタクトをされたので、ぼくは優しい声でこう言った。

「悩みがあるなら相談に乗りますけど。誰かに話したほうが楽になるでしょうし」

『本当に？　天狗《てんぐ》のクソ野郎みたいに吾輩をばかにしないか？』

「うんうん。いじめたりしないから、おいでおいで」

動物を手懐《てなず》けるのはお手のもの。ちゅーるちゅーると呪文《じゅもん》をささやきながらペット用のおやつを与えるだけで親玉はあっさりと陥落し、ぼくに甘えるだけのペットと化した。

周囲にいた猫たちやモニカも集まってきたところで地べたに腰をおろし、偉大な文豪の墓前でお悩み相談をはじめることにする。

『こうして猫踊りを続けているのは、マンマル様にもう一度お会いしたいからだ』

「……マンマル様？」

『かの御方はモノノ怪にとっては親か飼い主のようなもの。みなはマンマル様を愛していたし、マンマル様もみなをたいそう可愛がってくださった。しかしあの御方にはやらなきゃいけないことが多すぎて、たまにしか姿を見せちゃくれない。それでも構ってもらいたいやつは大勢いて、だから猫踊りなんて酔狂な催しを編みだして、やんややんやと賑やかに騒ぐことで気を引いてきたわけさ』

親玉はそう言ったあと、懐かしそうに夜空を見あげる。

モノノ怪のたぐいにしては思いのほかいじらしいエピソード。

ただその姿はどこか哀愁が漂っていて、飼い主に捨てられた猫を彷彿《ほうふつ》とさせる。

事実、そのとおりなのだろう。

丸々とした毛玉は今にも消えてしまいそうな鳴き声をあげたあと、

『ところがいつからか、マンマル様はとんとお姿を見せなくなった。モノノ怪たちはひどく嘆いた。あの御方に捨てられちまった、見放されちまったってな。そういう声が出るたびに、吾輩は意地になって言った。マンマル様はお忙しいから、今宵は疲れているだけ。気分が乗らなかっただけ。ほかに用事があっただけ。ああ、でも気がつけば四百年。近ごろじゃ記憶もおぼろげになり、愛すべきその御顔を思いだすことさえできやしない』

「君たちの親か飼い主ってことは、当然普通のモノノ怪よりもすごい存在なんだよね？

だったら相当に長生きなのだろうけど……もしかしたら」

『妙な勘違いをするな、マンマル様がいなくなることなんざありえねえ。あの御方は元気でいらっしゃるし、日々のお務めもきちんと果たしておられるわ』

実は死別していたなんてオチではないとわかって、ぼくはほっと胸をなでおろす。さすがにそこまで重苦しい内容だったら、どう慰めたらいいかわからなくなってしまう。

いずれにせよ、モノノ怪だってセンチメンタルな悩みを抱えているわけだ。会いたいのに会えなくて寂しいとか。どうしても諦めきれない気持ちとか。そう考えるとなんだか親しみを覚えるし、モニカの件を抜きにしても相談に乗りたくなってくる。とはいえ、

「君にとって猫踊りがどれほど大切かってことは、今の話でしっかり伝わったよ。世界規模で拡散しちゃったのは問題あったかもしれないけど、モニカだって反省しているみたいだから許してやってくれないかな」

『絶対にいやだ。吾輩はあのあと売名行為だのインフルエンサーだのと散々ばかにされたのだぞ。生涯みすぼらしい毛玉として安物のキャットフードをカリカリしているがよい』

「モノノ怪界隈《かいわい》、意外とネット文化に染まっているな……」

なんて脱力したあと、こいつは骨が折れそうだと内心でため息を吐く。

もはや部下の不始末を謝罪しにきた上司の気分。マニュアルに沿うならとりあえず土下座させて、そのあとでなんとか説得するほかないか。そう思ってモニカを見ると、

『さっきからウジウジとみっともないわねえ。それでもキンタマついてるの？』

あろうことか、いきなり爆弾を投げこんできやがった。

完全に予想外。ぼくはもちろん親玉ですら、目を丸くしてしまう。

静かにしていたからさすがに反省というか自重しているのかと思いきや、全然そんなことはなく、うす汚いモップは言ってやったぜくらいの態度でどや顔を決めている。

「お前さあ、本気でいい加減にしろよ？　まず手当たり次第にケンカ売る癖《くせ》を直せや。ディスり合いがコミュニケーションになるのはヒップホップ界隈と洋ゲーの中だけだぞ」

『だってさ、結局たいした努力もしないでだらだら続けているだけじゃない。四百年も同じことやってりゃ飽きられもするし、そりゃマンマル様だって振り向いちゃくれないわ』

『なんだと……？』

親玉が毛を逆立《さかだ》てて、モニカをにらみつける。

せっかく打ちとけてきたのに、空気を読めないやつが難癖をつけてきたせいで台無しだ。けっこう感情移入していただけに、ぼくのほうまで聞いていてむかむかしてしまう。

『届かねえなあと気づいた時点で工夫しなさいよ。振りつけを派手にしてみるとか曲を変えてみるとか。そもそもあれは音楽？　にゃーにゃー鳴いているだけでリズムは単調だしメロディだってガタガタじゃないの』

『ぐっ……。吾輩だって努力を……』

『だーかーらー、やり方を変えたりして試行錯誤するのも努力のうちだっつうの！　ルーチンだけで成果が出るなら誰だってマイケル・ジャクソンになれちゃうでしょうが。常に感性をアップデートして、今までになかったパフォーマンスを導きだす！　そうやって輝かしいスターへの道を切り開いていくのっ！』

喋っているうちに気持ちよくなってきたのか、モップの妖怪は高らかに前足をあげてガッツポーズを決める。こりゃ完全に酔っていやがるな、自分の言葉に。

「成功者サマがご高説を垂れるのはけっこうだけどよ、親玉がダンス系ミュージシャンとしてデビューするわけでもなし、踊りを変えたくらいで効果はあるのか」

『それでもやらないよかマシじゃん。世界規模でバズるだけのポテンシャルはあるんだから、猫踊りをさらにグレードアップして今度はモノノ怪の世界……て言うのかしら？　にまで広げりゃいいだけでしょ』

「でけえ口を叩《たた》くからには当然、具体的なプランがあるんだよな？　無責任に煽ったうえになにもなかったら親玉より先にぼくがお前をしばくぞ」

『天才ミュージシャンであるこの私が、楽曲を提供してあげる。そのうえで盛大にイベントをプロデュースして、みんなでマンマル様とやらにぶちかましてやろうじゃないの』

ふんぞり返るようにして宣言したモニカに、ぼくは返す言葉が出てこない。

この世に生まれ落ちたときから現在にいたるまで自分は正しいと信じて疑うことのなか

ったような女の説得力は、モップの妖怪になっても健在だった。しかし常人が相手ならともかく、四百年以上は生きている超常の神話生物なにゃんこに、勢いだけで押しきるような演説が通用するはずがなかろう。

そう思いつつ猫の親玉を見ると、キラキラとした輝く瞳を向けてふっと笑っていた。あ、ドラマで見たことある。

頑固な職人が若者の熱意にほだされてやる気になったときの表情だ、これ。

『面白い、そこまで言うなら試してみようではないか。お前らと協力して猫踊りをグレードアップ。それが見事マンマル様に届いたとしたらまあ、元の姿に戻してやる。ただしチャンスは一度きり、失敗したらお前は生涯そのままだ』

『にゃははは、上等じゃないの。モニカ様が作った究極的にアメージングな曲に合わせて踊れば、海の底にいようが銀河の果てにいようがマンマル様だって目の色変えてすっ飛んでくるわよ。そして私は人間界を飛び越えて、超☆レジェンド級の歌姫となる……』

毛玉どもの会話が異様な盛りあがりを見せる中、ぼくはひとり頭を抱える。

猫になった幼なじみを人間に戻すというややこしい問題が、四百年続く猫踊りなる奇祭をいっしょにプロデュースするという明後日《あさって》の方向に発展しつつあった。

勘弁してくれ。こんな話、収拾がつかなくなるに決まっているじゃないか。

できることなら、尻尾《しっぽ》を巻いて逃げだしたい。

しかし猫の皮をかぶったメフィストフェレスたちは、地の果てにいようとも追いかけてくるだろう。耳ざわりなヒットソングのごとく。

にゃーにゃーにゃーと、甘えるように鳴きながら。

第二話　メトロノームのような生活

1

みすぼらしい毛玉が暴れている。

全身がかゆくてもだえているようにも、ついに正気を失ったようにも見える。

しかしご安心あれ。

このにゃんこは歌って踊れるミュージシャンになろうとしているだけなのだ。

『だめね、スローテンポの曲ならまだしも複雑な演奏は絶対に無理。肉球ぷにぷにの前足じゃギターで作曲できないし、この身体じゃろくに歌えないわ』

と、意気消沈した様子のモニカが呟く。

群馬の自宅に戻ってしばしの休息を取り、今後のためにペット用品を揃《そろ》えるなど、あれやこれやと準備をしたあとのことである。

「でも猫踊りのプロデュース計画を成功させるためには、なによりもまずお前が曲を作らにゃならんわけだよな？　失敗したら生涯にゃんこのまま……まあそうなったら容赦なく放りだすけどな。お前をずっと飼い続けるとまでは約束してないし」

するとモップの妖怪は、うにゃーと可愛い鳴き声をあげる。媚《こ》びを売ってもだめだぞ。

親玉を相手にリズムは単調だしメロディはガタガタと散々なだめ出しをしていたが……霊力を得てモノノ怪の一員になっている野良たちにせよモニカにせよ、猫の身体でやれる範囲の音楽というのが結局のところその程度なわけである。

それでもモニカならなんとかできるかもと思って、母親がいつだか通販で買って放置したままになっていた電子キーボードを物置から引っぱりだしてきたものの、じたばたともがく愉快な毛玉を眺めるだけに終わってしまった。

『あとは代役を立てる――プロを雇ってギターなりピアノなり弾《ひ》いてもらうという手もあるけど、私は親玉と違って誰とでも脳内ブルートゥース接続できるわけじゃないから、赤の他人と共同で作曲なんて現実的じゃないわよね。そもそもモノノ怪や猫踊りについて受け入れてもらう時点でかなり厳しそうだし』

「言っておくけどぼくがやるのも難しいぞ。今から楽器を覚えるのはハードルが高いし、お前と共同作業で楽譜をおこすにせよ結局はイチから勉強するしかない。いずれにせよ相当な時間がかかるし、親玉だってそこまで気長に待っちゃくれないだろ」

『あなたってばリズム感ないし音楽センスだって壊滅的だもんね。合唱発表会のときにクラスの足を引っぱりまくってた姿が忘れられないわ』

やめろ。中学時代のトラウマを思いださせるな。

ぼくとしては巻きこまれたかたちとはいえ、協力するからには気の利いたアドバイスのひとつでも言ってやりたいところだが……音楽については普通の素人以下。いっそ見ているだけのほうが邪魔にならなくていい、まである。

五時間くらい話しあったあげく、進展がないまま夕方になってしまう。前日に文豪の墓前で超常な存在を自称する猫の親玉と神秘的な邂逅《かいこう》を果たし、わけのわからん神事をプロデュースするというお役目を巻きぞえで背負わされていようとも、シフトを組んでいる以上は出勤しなくてはならない。

しかも地獄の六連勤。自宅の窓から紫色に染まりつつある空を仰ぐと、不気味に輝く死兆星が見えた。はたして今日は生きて帰れるのだろうか。

「ぼくはこれからバイトに行ってくるけど、くれぐれも部屋でおとなしくしているように。どうせヒマだろうし、パソコンは貸してやるから」

『じゃあ今のうちに、猫踊りのプロデュースの参考になりそうなダンスミュージックとかビデオクリップ集でも漁《あさ》っておこうかしら。ああ、マニアックなエロ画像フォルダとか見つけちゃってもスルーしてあげるから安心して』

「おかしなイタズラしやがったら、すぐにでも家から叩きだしてやるからな」

◇

いつものように愛車のトレックマーリン6を駐輪場に置いて工場の事務所に顔を出すと、山口係長が死んだ魚の目をしていた。

「地獄へようこそ」

嫌な予感を抱きつつホワイトボードに貼《は》られた名札を見ると、アルバイトやパート含め普段の半分ほどの人数しかいない。だというのに商品の出荷額は異様に多い。

「君のいる七ブロックは捨てるから。朝になったら手伝いが来るからそれまで歯を食いしばって耐えて」

「やる前から死刑宣告するのやめてくださいよ」

早くも帰宅したい欲求に駆られつつ配置された七ブロックに向かうと、商品は案の定ぶっ溜《た》まっていて、人が動くスペースさえなかった。

惣菜《そうざい》パンやおにぎりや和菓子などの食品を、卸先であるスーパーやコンビニごとに発注数ぶんだけ配っていく業務。そう聞くとなんだか楽な仕事に思えるかもしれないが、食パンや団子の詰まった巨大なタワーが連なる光景を見れば、誰だって考えをあらためるだろう。度がすぎた物量は凶器であり、それを扱う物流はときに猟奇的である。

山口係長と同じく死んだ魚の目になりつつ、これから切り崩していく食パンやら団子やらの要塞《ようさい》を眺めていると、先に極刑を告げられていた関さん（六十二）が挨拶してくる。

「おはよう。いきなりで悪いけど休憩してくるから」

「心中お察しします。瀬古《せこ》さんと組まされて災難でしたね」

「本当だよ。あれならいないほうがよっぽど早い……」

と、文句を言いながら二階の社員食堂へ消えていく。関さんは動きが遅くてミスも多いものの、真面目《まじめ》に働いてくれるから組まされる相手としてはまだマシなほうだ。

だから今日の七ブロック監獄島で最大の難敵となるのは、

「君が来るのを待っていたよお。ねえねえ、この前オススメしたアニメは見た？」

瀬古さん（五十三）がヘラヘラとした表情で挨拶してきたので、ぼくは「おはようございます」と返したあとですぐさま作業をはじめる。ここでうっかり時間を与えようものなら際限なく世間話をはじめ、いよいよ収拾がつかなくなるからだ。

しかし大正時代から続く老舗《しにせ》のうなぎ屋を自分の代で潰した経歴を持つ男の空気の読めなさは伊達《だて》ではなく、ぼくが仕事しますオーラを全力で出しているというのに、瀬古さんは構わず中身のないオタトークをおっぱじめる。

「昨日、秋葉原に行ったんだよ。ほらイベントあったじゃん声優さんの。昔は顔出しだってほとんどなかったのに今じゃ歌って踊れる子ばっかなんだからすごいよねえ」

「そろそろ手を動かしましょう。このままだと終わりません」

「おれ昼勤だし途中で帰るけど」

知っているよ。でも夜勤者は死ぬんだって。

うちの工場の場合、コンベアの端《はし》っこで干からびていても気づかれなさそうだけど。

◇

ようやくオタトークから解放されたぼくは、目下の戦場と向きあう。

優先するべきは食パンや和菓子などの重量があって幅を取るもの、そのあとでおにぎりやホットドッグなどの細々《こまごま》としたものをまとめて片づけていく。

通路の右へ左へと食パンの詰まった容器を重ねつつ瀬古さんの様子をうかがうと、仕事そっちのけで隣のブロックにいる学生バイトとお喋りに興じていた。こうなると関さんが休憩から戻ってくるまで耐えるしかないが、一時間、二時間と経っても食堂から帰ってこず、やがて山口係長から彼が体調不良で早退したことを知らされる。

終わりなき戦場で奮闘する勇者を慰めてくれるのは、作業効率アップのために場内で流れている有線放送のみ。間違い探しの間違いのほうの職場で社会の歯車として空転し続けるぼくを慰めてくれそうな曲がタイミングよく流れはじめたので、せめてもの気晴らしにと菅田将暉《すだまさき》になりきって歌いながらホットドッグを配ってみるものの、はたと我に返って余計にむなしさを募《つの》らせる。

前日に不可思議な体験ばかりしていたせいか、退屈な日常に埋没している己を自覚するのはことのほかしんどかった。平凡な人間はいつまでも平凡なままであり、時給千円のフリーターには目指すべきゴールさえ存在していない。

思い焦がれた相手に会いたい一心で踊り続ける猫の親玉、あるいはミュージシャンになると言って飛びだしていったあの日のモニカ。彼ら彼女らの熱意や覚悟に思いを馳《は》せたあとでふと自分を顧みれば、驚くほどなにも抱えていないことに気づく。

自分もなにかしなければ、変わらなければ。

そんな不安とも焦りともつかない感情だけは漠然と心の中で渦巻いているものの、具体的になにをすればいいのかどこを変えればいいのかはまったく見当がつかない。自分が欲しがっているものさえわからぬまま朝寝て夜起きて働いてまた朝寝て夜起きて働いて、メトロノームのような生活をただ続けている。

ルーチンだけじゃ成果は出ないと、モニカは熱く語っていた。ぼくも彼女を見習って、今の自分をアップデートする努力をはじめるべきなのだろうか?

相変わらず幼稚な幼なじみに内心で毒づいておきながら、ろくに成長していないのは自分だって同じだ。人気ミュージシャンになった彼女よりむしろ、この世に生を受けたときから下降線の一途をたどっているぼくのほうこそ、自身を見直してしかるべきである。

しかしステージにすら立ててない凡人が今さらあがいたところで、なにを変えられるというのか。メトロノームがグルーヴを出そうとリズムにアレンジをつけたところで、役に立たないゴミに変わるだけ。見果てぬ夢に溺《おぼ》れてみじめな気分になるくらいなら、几帳《きちょう》面《めん》にカチカチと揺れていたほうがいい。

平凡とはいわば平穏であり、底辺とはこれ以上悪くならないという意味である。退屈を嘆くなんて贅沢《ぜいたく》だ。今のご時世、働けるだけでもありがたいと思え。

そうやって思考の迷路をさまよっている間にも、状況はどんどん悪くなっていく。瀬古さんはほとんど仕事をせずに帰っていき、かといって援軍が配備されることもなく、ぼくは孤立無援のまま戦い続ける。

ピラミッド建設に携わったエジプト人も、今の自分と同じ絶望感を味わったのだろうか。しかしカレーパンの山に埋もれるよりかは、まともな死にざまを選べたはずである。

◇

結局その日は十三時間ほど働き、ぼくはへろへろになって帰宅した。

モニカも夜型の生活になりつつあるけど、さすがにこの時間だとペット用の毛布の中で丸くなっているはずだ。しかし部屋に戻ると彼女はまだパソコンにかじりついていて、ぼくが声をかけても振りかえりさえしない。

昔からこの幼なじみはやると決めたら一直線、すさまじい集中力を発揮する。作曲だけでなく振りつけまでプロデュースするつもりなのか、ＴｉｍｅＭａｃｈｉｎｅの動画をリピート再生しながら見様見真似《みようみまね》でロボットダンスを習得しようとしている。

二足歩行の猫がチャカチャカと身体を動かしている姿はまさに妖怪という趣で、長時間の労働を経《へ》てすり減っているぼくの心にさらなる追い打ちをかけてくれた。見ているだけで力が抜けるというかすべてがどうでもよくなってくるというか、とにかくシュールで正気度の低い光景である。

ようやく終わったかと思えば別の動画を開き、みょっとかぬぁっとか妙な鳴き声をあげながらまた踊りだしたので、さすがに耐えられなくなってきて、

「留守にしている間にマタタビでも吸ったのか、駄猫よ」

『あらお帰りなさい。ご飯にする、お風呂にする、それとも猫ちゃんをモフモフするのがいいかしら。いやだわお客さん、踊り子に触るのは厳禁って……なんで動画を閉じるのよ。もうちょっと練習すればコツがつかめそうだったのに』

「どうせ何時間もぶっ通しでパソコンを見ていたんだろ。やる気があるのはけっこうだけ

どペース配分も考えろよ。文化祭のときみたいにいきなり失神されたら迷惑だ」

『そんなこともあったわねえ。あなたにガチギレされたのはあのときが最後かも』

たぶんお前の中でカウントされていないだけで、そのあとも何度かあっただろうよ。

ぼくがマウスを取りあげるとあてつけのようにモニターにへばりつきやがったので、粘着式保護シートと化したにゃんこをずるずると床まで引きずりおろす。

「で、どうなんだ。楽器の演奏については追い追い考えることにして、猫踊りに使う曲のイメージはつかめてきたのか」

『さすがにまだまだって感じね。でもモチベーションは高まってきているわよ。せっかくだし猫ちゃんになる前から抱えていたスランプも、この機会を利用して解消しようかと』

モニカはくりくりとした瞳をこちらに向けて、自信たっぷりにそう言った。

目指すべきゴールははっきりしていて、がむしゃらになって追いかける——ぼくが求めてやまないものを持っている彼女が、どうにもこうにも憎らしくて。腹立ちまぎれにモップみたいな背中をわしゃわしゃとかきまわすと、毛玉の妖怪は嬉しそうにケタケタと笑いだす。

ああ、ちくしょう。

そうやってなんでもかんでも楽しめるお前が、今は心の底から羨《うらや》ましいよ。

2

疲れきった大人にとって、幼いころの記憶は猛毒だ。

残業どころか労働の義務さえなく、年収でマウントを取られることもなければ恋人がいなくて笑われることもない。ブランコや砂場で遊び倒したあとは母親がにっこり笑いながら迎えにきて、夜にハンバーグを食べたらお風呂と歯磨《はみが》きをすませてさあおやすみ。

戻りたい。帰りたい。あの優しい世界に。

実家暮らしなので帰るもなにも普段から幼少期の住まいにいるのだけど、ぼくが戻りたいのはあのときに見て感じて味わった魂の原風景みたいなところである。

さとしくんとかめぐみちゃんとかこうきくんとか、まあモニカは別にいいとして、みんなで缶けりとかしたい。耐えがたい郷愁にかられた末にひさしぶりに集まって……なんて考えてみるものの、ぼくもみんなも仕事があるだろうし、いい歳《とし》こいた大人が童心にかえって遊ぼうなんてイベントは酔狂の極みである。

ところが今朝になってこうきくんから家に電話があって、自分が考えていたこととまったく同じような誘いを受けた。しかもぼく以外はすでに集まっているという。

ふたつ返事でオーケーする。そして急いで近所の神社へ向かった。

「あれ……？　誰もいないぞ……」

『なに言ってんの。幼なじみならここにいるでしょ』

誘ってもいないのに、木の陰《かげ》から猫のモニカが現れる。

ぼくが会いたかったのは、さとしくんとめぐみちゃんとこうきくんなのに。

『だから誰なのよそいつらは。あなたって昔から人見知りだったし、高校と大学は知らないけど小中のクラスメイトとか、私以外そんなに親しかった子いないじゃないの』

「そんなわけないだろ。ぼくにだってひとりやふたりくらい」

言いかけてから、ふと気づく。

さとしくんとめぐみちゃんとこうきくんってどんなやつだっけ？

いくら思いだそうとしても頭に浮かびあがるのはケタケタと笑っている幼いころのモニカで、戻りたい帰りたいと願っていた魂の原風景に佇《たたず》んでいるのも彼女だけだった。

なんてこった。みんなとの思い出なんてものは、アプリで美化しまくった自撮りのような幻想にすぎない。ぼくは物心ついたときから奔放な幼なじみに金魚の糞《ふん》のごとくへばりつくだけで、ほかの遊び相手すらまともに作ろうとしてこなかったのだ。

『素直になりなさい。あなたが会いたがっているのは私、遊びたがっているのは私。さとしくんもめぐみちゃんもこうきくんもすべてモニカちゃんなのよ』

モニカがじりじりと迫ってきて、途中でぐにょんと分裂する。

二匹、三匹、四匹と、モップのような毛玉がアメーバみたいに増えていく。

『さあ缶けりをやるわよ。それとも踊るのがいいかしら。せっかくの機会だからあなたも我を忘れて賑やかに、やんややんやと騒ぎましょ！』

代表曲である〈レクイエム〉のメロディに合わせて、大量生産されたモニカが一斉に踊りだす。いやだいやだと思っているのに身体が勝手に動き、ぼくはくねくねと腰を振りながら踊りだし――。

◇

たところで目が覚めた。

スマホのアラームを止めたあと、今日が休みだったことに気づいて安堵《あんど》の息を吐く。内容は思いだせないが、とんでもなくばかげた夢を見たような気がする。

隣を見ればモニカはすでに起きていて、ベッドのうえでぼくを見つめていた。

毛玉になった幼なじみと暮らすようになってから、一週間かそこら。

こんな不条理な状況でも案外すぐに慣れるものだ。

「ぶっさいくなツラをぼくに向けるな。おかげで寝覚めが悪い」

『前から気になっていたのだけど……さっきの、私の曲だよね？』

モニカはそう言って首をかしげる。

寝ぼけた頭でなんの話をしているのかと考えたあと、はっと気づいて舌打ちをする。

「スマホのアラームな。お前の曲は虫酸《むしず》が走るほど嫌いだからさ、耳もとで鳴らされると我慢ならないし一刻も早く止めたくなる。つまり目覚ましに最適ってことだ」

モニカに向かって早口でまくしたてたあとでスマホの設定画面を操作し、デフォルトのアラーム音に戻しておく。なんだそのにやけたツラは気持ち悪いぞ駄猫よ。

『あなたの愛情表現って、歪《ゆが》んでいるんだか素直なんだかよくわかんないわね』

ばか言え。今の言葉のどこに愛を感じる要素があった。

枕《まくら》を投げつけるとモップの妖怪はきゃっきゃと笑った。

モニカはさておきぼくにとっては久々の休みなので、朝の身だしなみと食事を終えたあと、連勤中は宙ぶらりんになっていた猫踊りのプロデュース計画について話しあう。

『最優先は楽器の問題よね。根っからのアナログ派だから試したことはなかったけど、猫ちゃんの身体でもパソコンは操作できるわけだし作曲だってできるんじゃないかしら』

確かに……音楽ソフトがあれば音程とかテンポを細かく編集できるだろうし、入門書もセットで買えば機械オンチのモニカでもすぐに覚えられるはずだ。

「しかしパソコンでの作曲にはいくつか問題があるな。今使っているのは古いやつだから本気でやるならスペックが足りないし、周辺機器もないし音楽ソフトだって入ってない」

『だったら新しく買いなさいよ。万事がうまくいったらあなたは億万長者でしょうに、今さらお金を出し渋《しぶ》る理由なんてないじゃないの』

「ざっと見積もって十万前後はかかるんだぞ。天才ミュージシャン様からしたらはした金かもしれないが、ぼくの貯金が今いくらか教えてやろうか」

そう言ってから指を三本立てる。モニカが『三万？』と返したので、

「ばかめ、三千円だ」

『どや顔で言わないでよ、ばか。時給千円とはいえ実家暮らしなんだし、あなたのことだから律儀に生活費を入れているにしたって、さすがにもうちょっと貯《た》められるでしょ』

「毛玉になった幼なじみの面倒を見るはめになってから、猫用のカゴやら缶詰やら出費が増えたからなあ。知っているか、動物を飼うのってお金がかかるんだぞ」

しかしモニカは気を使う素振りもなくぽりぽりと毛づくろいをはじめ、

『細かいことぐちぐち言っているからモテないのよあなたは。つか私の口座からおろしてくりゃいいじゃん。あ、でもマンションの鍵《かぎ》とか開けられないか』

「自分が失踪して連日ワイドショーに取り上げられていることもお忘れのようだな猫ちゃん。そんな最中にお前のカードを使って銀行からお金を引きだしてみろ」

『赤城《あかぎ》か榛名《はるな》に埋めた疑いを持たれるわね、あなたが』

「今でさえ警察が事情を聞きにきやしないかと内心びくびくしているというのに、重要参

考人として聴取されるリスクは冒したくないっての。呪われて猫になってますなんてカツ丼《どん》食いながら供述できるか。ついでに言っておくけど親御さんだってお前を心配しているだろうから、そっちのフォローも早いとこ考えておけよ」

『だーっ！　わかったわかったわかりました、私が悪いんでしょ謝りゃいいんでしょ。はいはいはいすみません、で、し、たー！　ばーかうんこ童貞はげ短足っ！』

家出同然で飛びだしていって以降、断絶状態となっている実家の話をされるとやはり弱いらしい。モニカは全身の毛を逆立ててふーふーとうなり声をあげはじめる。

しかしこうなってしまうと猫踊りのプロデュース計画について話しあうどころではない。荒ぶるモップを見ているうちに冷静さを取り戻してきたぼくは、

「気分転換にコンビニでも行ってくるかな。ついでに猫用のおやつでも買ってきてやるから、それですこしは機嫌直せや」

『なにしれっと私に留守番させようとしているわけ？　出かけるならついていくに決まっているでしょ、こちとらずっと家にいて退屈しているのよ』

散歩をせがむ猫ってのも斬新《ざんしん》だな。中身が人間だから当然とはいえ。

◇

『あら、ここって……』

「神社だよ。昔はここで缶けりとかしてよく遊んだし、中学のときに写生大会で来たこともあったよな。ぼくたちにとっちゃなじみの場所だ」

バイト用のバックパックに詰まったモニカが『懐かしいわねえ』としみじみ呟く。

猫同伴でコンビニに入るのは気が引けたので目的地を変更したのだけど、毛玉のご機嫌を取る意味ではこちらで正解だったらしい。

よくよく考えてみれば彼女が群馬に戻ってきたのは五年ぶり。ひさしぶりに見る幼少期の遊び場はやはり感慨深いものがあるのだろう。ぼくとしても懐かしい光景のはずなのだが、なんでか今朝がた眺めたばかりのような気がしていまいち乗れなかった。

週末とはいえうら寂れた神社にひとけはなく、なでるとご利益があると伝えられるがために頭が平らにすり減ってしまった地蔵様、ほとんど男の子にしか見えなかったころのモニカが蹴り倒したあとに修繕された稲荷様、白い塗装がところどころ剝《は》がれ落《お》ちてカウ柄《がら》みたいになっている招き猫の置物などから歓迎を受けながら、ぼくは境内《けいだい》の奥に進み参拝客用のベンチに腰をおろす。

モニカがうずうずとしていたのでバックパックから出し、「神社の外に出るなよ」と釘《くぎ》をさしてから放してやる。せっかくだしこの機会に運動不足を解消させておこう。

季節はちょうど春の足音が近づいてきたばかり。眼前に佇む拝殿を眺めていると、いつごろに建てられたものなのか気になってくる。

教養のあるぼくが知的好奇心に誘われてスマホで検索すると、思いのほか歴史は浅く百年ちょっと前、明治時代に創建されたものらしい。まあ古墳の跡地に設《しつら》えた経緯があるというので、土地そのものはウン千年前から祀《まつ》られている由緒あるスポットみたいだけど。

そういえばぼくが通っていた小学校も近くに古墳の跡地があったからか階段の踊り場に埴輪《はにわ》が飾られていたし、実はこのあたりに幻の邪馬台国《やまたいこく》があったのかもしれない。

なんてばかなことを考えて知的好奇心を満たしたところで、ぽかぽかとした陽気の中で日光浴。連日の夜勤でへとへとと、家に帰れば妖怪モップオバケの相手をしなくてはならないとあって、今日まで心を落ち着かせる時間がなかった。

猫踊りのプロデュース計画は問題が山積みだし、本当にマンマル様とやらに届かせることができるのか？　という疑念が払拭《ふっしょく》できていないだけに不安のほうが大きい。

といっても今回の件で中心となって動いているのはモニカ自身、ぼくはといえば足がわりに使われるのがいいところで、加工食品を仕分けするのと同じように誰にでもできる簡単な仕事を与えられているだけである。

もしほかに優秀な候補がいたなら、彼女だってそちらのセバスチャンをずるずると引きずっていたことだろう。御役御免になるならそれはそれで別に構わないが、己がいかに無力で取るに足らないものであるかを可視化されるのだけは勘弁してもらいたい。

……いや、やめよう。

せっかくひとりになれたのに、不毛なことばかり考えてストレスをためるのは。

頭にかかった靄《もや》を払うように首をぶんぶん横に振ったあと、はっとスマホを開く。

ぼくが日光浴をはじめて一時間、なのにモニカが戻ってこない。事前に釘をさしておいたから境内にいると思いたいが、自由奔放すぎる幼なじみのことだから信用できない。

慌ててベンチから立ちあがって探すこと十数分。

にゃーにゃーとか細い鳴き声。しかしにゃんこの姿は何処《いずこ》？

『頭上を見なさい。あなたのすぐそばにある木』

「お前……まさか」

『気づいたのなら早く助けて。実はマジ余裕ないの』

「じゃあ飛び降りてこいよ。ぼくがキャッチしてあげるから」

『やだ、あなたって肝心なところでエラーするでしょ。最後の試合だって』

リトルリーグ時代の古傷をえぐるのはやめろ。

「そもそもなんで木登りしたんだよ。本物の猫ちゃんになったわけでもあるまいし」

『懐かしすぎて童心に帰っちゃったのよ。野生ともいう』

「じゃあしばらくそこで頭を冷やしていろ。社会人としての礼節を思いだして、お願いしますどーか助けてくださいって頭をさげられるようになったら助けてやる」

『ちょっ……ケチくさいこと言いなさんな。つかあなたのほうこそ飼い主としての責任を果たしなさいよ。パソコンにしたってそう。金目のものを売るなり親から借金するなり、いくらでもやりようがあるじゃない。まずは今着ているガルドンのパーカーね、どうせファレルの影響なんでしょうけど田舎もんがファッションに気を使うなばーか』

「お前の気持ちはよーくわかった。ぼくのことが気にいらないならほかのやつを頼れ。天才ミュージシャンのモニカ様なら理想のセバスチャンがすぐに見つかるだろ」

さすがにむかついたので立ち去ろうとすると、モニカも慌てたのかさらに激しくわーにゃー騒ぎだす。本気で余裕がないのか珍しく素直になって、

『ごめんごめんごめん、謝るから見捨てないでぇ！　あなたのかわりなんていないってば！　言っておくけど脳内ブルートゥース接続をするのって大変なんだからね、こんなふうに心が通じあえる相手なんてほかに見つかるわけないじゃないの！』

「そのわりに感謝が足りなくないか？　便利なお世話係くらいにしか考えてないだろ」

『してますしてます。稲荷様を蹴倒したときだっていっしょに謝ってくれたし、サッカー部の先輩に言い寄られたときだって彼氏のふりをしてくれたし、今だって降りられなくなったモニカちゃんを助けてくれるわけでしょ？　やだ、めっちゃ優しい』

木の枝にしがみついて必死に媚びを売ってくるにゃんこを見て、ぼくはこれみよがしにため息を吐く。よいしょっと幹に足をかけて手を伸ばし、クライミングの要領でミッショ

ン完了。この神社で遊んでいたころならともかく、大人になった今なら造作もない。

とんと着地して一息つくと、腕に抱えていたモニカがぺろりと頬を舐めてくる。猫の舌ってざらざらしているから痛いくらいだったし、意図がわからなくて眉《まゆ》をひそめると、

『ご褒美《ほうび》のチューにゃん』

「あざとすぎてすっげえイラつく。やはり助けるべきではなかったか」

『嘘《うそ》おっしゃい。嬉しいくせに』

調子に乗って何度も舐めてくるモニカがあまりにもばかばかしくて、もはや抵抗する気力さえ湧《わ》いてこない。この妖怪クソ毛玉を追い払うためには、やはり親から借金でもして資金を捻出《ねんしゅつ》するほかなさそうだ。あとで返せばいいだけなのでたぶん大丈夫だが、

「親に頭さげてまで毛玉に貢がなきゃならんのかと思うと釈然としねえ……。ぼくだって毎日あくせく働いて微々たる予算の中から欲しいもの買っているというのに」

『まーまー、私の音楽版権をゲットできればセレブになれるんだからいいじゃない。どうせ口約束だしあとからなんとでもなるかにゃーと思っていなくもないけどさ』

お前、今さらっと不穏なこと言わなかったか?

ぼくとしては絶対に取り立てるつもりでいるし、そうであるからにはあごで使われるだけでなく自分なりにできることを探さなくてはなるまい。

億万長者になるついでに一矢報《むく》いることができれば最高なのだけど、彼女に対する敗北

感を払拭するためにはミュージシャンとして勝つしかないわけで、そうなると今から宇宙飛行士を目指してジョギングをはじめるくらいに無謀な挑戦になってしまう。

しかし目指すべきゴールがそこにあるのだとしたら、

「電子キーボードの練習でもはじめてみようかなあ……」

『どうしたの急に。まさか私とバンドが組みたかったわけ？』

そんなわけがあるか。

と言いかけるものの、音楽に対する憧《あこが》れは間違いなく彼女からの影響だった。

やめろやめろと逃げまわりながら。

気がつけばぼくのほうから、ふりふりと揺れる尻尾を追いかけまわしている。

第三話　俺たちのナワバリ

1

頭の中に音楽があふれてくる。

テュクテュク、シャカシャカ、ドゥンドゥン。おなじみのデジタルサウンドが流れたかと思えば、にゃ、にゃ、にゃ、にゃーんと可愛らしい鳴き声がスクラッチ。猫のままじゃ歌えないなんて言っていたけど、自分の鳴き声をサンプリングして使っているようだ。爪で木の板を引っかく音、階段をとことこと歩く音。ほかにも様々な音で遊んでいる。

親に土下座して十万円ほどお金を借り、新しいパソコンと作曲用の機材を揃えてから一週間。しばらくは返済しながら暮らすことになるが、恥をしのんだだけの価値はあったように思える。

モニカが作りだす音楽の中を漂っていると、この世界のあらゆるものがストラディバリウスになりえることに気づく。本棚の引きだしを開けたらルビーやダイアモンドが飛びだしてくるみたいに、彼女はありふれた日常の隙間に埋もれている宝物を探しだしてくる。ああ、これが天才の世界だ。ぼくらは同じ道を歩いていても、その刺激と喜びを見逃してしまう。凡人は落ちてきたリンゴを見ても、万有引力に気づかない。

丸っこい背中がゆらゆらと揺れている。心の底から音楽を楽しんでいるように見えた。猫になっても彼女は音楽を愛していて、音楽もまた彼女のことを愛している。

手を伸ばせば触れられるところにいるはずなのに、こういうときだけはやけに遠く感じてしまう。それとも近いというのが勘違いで、実際は天と地ほどの距離があるのかもしれない。とめどなく流れこんでくるメロディの洪水に酔いながら、ぼくは言った。

「おい、漏れてきているぞ」

『うっそ、猫の可聴域まで音量を絞っているのだけど。あなたって音楽センスは皆無なくせに耳だけはいいの？』

相変わらずひとこと多いなこいつ。ぼくは自分のこめかみを指して、

「脳内ブルートゥース接続」

『あー、集中しすぎると勝手にリンクしちゃうみたいなのよね』

「勘弁してくれよ。ぼくはあと三時間で出勤なのに」

不満を訴えると、モニカは渋々といった様子でパソコンをシャットダウンする。

ミュージシャンとして活動していたころはギターだけで作曲するアナログ派。だからはじめて扱う音楽ソフト、おまけに猫ちゃんの身体で入力用のＭＩＤＩキーボードを駆使するというのは、事前に予想していたとおり相当の苦労があったようだ。

しかし彼女は持ち前の集中力で克服し、今ではパソコンひとつで作曲する毛玉という奇妙奇天烈《きてれつ》な妖怪が部屋に君臨している。おかげでぼくは毎日寝不足だ。

『眠れないんだったら、添い寝してあげるにゃん』

「猫でよかったな。今マジでイラついたから、人間のままだったら蹴飛ばしていたぞ」

『いやん、ＤＶカレシ』

モニカがもぞもぞと毛布の中に潜りこんでくるけど、もはや放りだす気力もない。図々しい毛玉を潰さないよう身体の向きを調整していると、ぼくが練習に使っている電子キーボードが目についた。

いざ鍵盤《けんばん》を叩いてみると想像していた以上に難しく、左右の手を別々に動かすことさえ満足にできやしない。相変わらずバイトのほうも忙しいから、練習する時間を取るのだって一苦労。そもそもモニカは自力で作曲できているのだし、ぼくがあえて楽器を覚える必要なんてない。ましてや彼女に音楽で一矢報いてやろうだなんて、我がことながら正気を疑うような目標だ。

だとしても、なにもしないでいるよりはずっといい。

熱意もなければ覚悟もない。メトロノームのような生活には飽き飽きしているし、目指すべきゴールさえあれば、今よりはましな人間にだってなれるかもしれないのだから。

◇

今から当たり前のことを言う。寝不足のまま働くとしんどい。

しかし生真面目《きまじめ》さが唯一の取り柄とも言えるぼくだから、体調不良を訴えることなく働き続けた。借金返済という使命感や変わりたいという意欲、さらには眠気を拒《こば》んで集中するあまりゾーンに入っていたのだろう。場内を流れる米津玄師のメロディに合わせてメンチカツサンドを配っていると次第に動きまで米津玄師になっていき、ぼくは身も心も米津玄師に支配されたマシーンと化していく。

幸いにもその日は珍しく進捗《しんちょく》ペースが順調で、カチャカチャとリズムを取っているうちに楽しくなってきた。よし、これならなんとかなるぞ。次は三浦大知だ！

なんて思った矢先――通路の脇《わき》に転がしておいた台車に引っかかってしまう。

「うわっと、危ねえ！」

「ははは、労災だ労災」

盛大にすっころびそうになったところを見られて、瀬古さんに笑われた。

普段はおどけてばかりいる彼も一応は心配してくれたのか、

「ちょっと休んできなよ。幽霊に取《と》り憑《つ》かれているみたいな顔しちゃって」

取り憑かれているのは幽霊ではなくて化け猫です。

そのまま事務所の休憩室でだらっとしていると、山口係長も様子を見にきて、

「調子が悪いなら早退するかい。今のところ平和だし、君は明日もあるから」

「いいんですか？　ていうか最近やけに順調ですね」

「先週から入った新人くんががんばってくれているからなあ。ほら、あの子」

山口係長はそう言って、ホワイトボードに貼ってある名札を指す。

ギ・ドク。この名前はたぶん……ブラジルかベトナムかインドか中国だな。

うちの職場は多数の商品を仕分けする都合から日本語が堪能《たんのう》じゃないとだめなので、その点からいっても優秀な留学生なのだろう。

戦力が充分なら無理する必要はない。

ぼくはお言葉に甘えて、いつもの半分の時間で早退することにした。

◇

夜の道をチャリで走っていると、モニカと散歩で訪れた神社の前を通りかかった。

いつのまにやら花見の時期になったらしく、桜の木が提灯でライトアップされている。しかしいまだ三分咲きといったところで、満開となるには今しばらくかかりそうだ。

眠いけどせっかくだからと境内にチャリをとめ、ぼくはしばし夜桜を眺める。

昼間に来たときは平気だったのに、真夜中の神社にひとりでいるとすこし怖い。それにぼんやりと照らされた桜の中を歩いていると、まるで異界にさまよいこんでいるような気分になってくる。

「珍しいなあ。こんな時間に人がいるなんて」

「ひっ!」

背後から声をかけられて、悲鳴をあげてしまう。

びくびくしながら振りかえると、作務衣《さむえ》姿のお兄さんが立っている。

まさかオバケ……? と警戒するものの、お相手は金髪碧眼《へきがん》の美男子。

外国人の幽霊が神社にいるってのもなんとなく違和感があるし、

「お兄さんも夜桜を見にきたんですか」

「まあね。たまにこうして呑むのもよい」

なんだ、ただの酔っぱらいか。

世間話がてら今しがた感じたことを彼に打ち明けてみると、

「人間は暗闇《くらやみ》を恐れるものだからね、そういう意味じゃお日様って偉大だよ。みんなが安心して暮らせるように毎日かかさず、世界を明るく照らしてくれているわけだから」

「かもしれませんね。以前この神社に来たときにベンチで日光浴をしてみましたけど、めちゃくちゃ気持ちよかったですし。もしかしたら夜行性の動物のほうが太陽の恩恵を受けているのかも。ぽかぽかした陽《ひ》ざしの中で眠るってすごい贅沢ですよ」

「あはは。野良猫がそうしているのをよく見かける」

お兄さんの言葉を聞いて、ぼくも同意するように笑う。

モニカも猫の習性なのか夜型生活のぼくに合わせているのか、日中はベッドのうえかベランダでまどろんでいることが多いのだ。

「お月様だって日の光を反射しなければ輝けないわけだし、桜の木だってもちろん光合成しなきゃ花を咲かせることができない。お日様ってのは私たちにとってなくてはならないもの、だからこそ太古の昔から祀られてきた。私たちが今いる場所がそうであるように」

そう言ったあとでお兄さんは、提灯に照らされてひっそりと佇む拝殿に目を向ける。

前にスマホで調べた情報によれば、この神社の主祭神は天照大神《あまてらすおおみかみ》——つまり主として太陽の神様を祀るために創建されたところだったはずだ。

「他愛《たわい》のない話が思わぬところで繋がってきましたね。もしかしてお兄さんって神社マニアかなんかで、ぼくにトリビアを披露したくて声をかけてきたんですか？」

「当たらずといえども遠からずってところかな。昔からの信仰があるこういった場所は自然と霊気が溜まってくるから、私のようなものがよく見ておかねばならない。だからマニアというよりは管理人のようなお役目だね」

「ああ、神主さんってことですか。金髪のお兄さんがやっているなんて、ずいぶんとワールドワイドになったものですねえ」

「君に声をかけたのにもちゃんとした理由があってね。近ごろは現世との繋がりが弱まってきているし、古きものたちの力も衰えつつある。そんな中で部外者である人間がかつての宴を改新させようというのだから、さすがに興味だって湧いてくるじゃないか」

　この人はいったい、なんの話をしているのだろう？

　最初に抱いたのは戸惑いで、そのあとにぞっとするような寒気が襲ってくる。

　眼前に立つお兄さんの瞳が、境内に吊《つ》るされた提灯のように妖しく輝いていたからだ。

　やがてぼくは状況を理解して、おそるおそる問いかける。

「つまりあなたは、猫の親玉の古いお仲間ってわけですか……」

「てっきり最初から気づいているものかと」

　そんなわけないだろ。と言いたいところだけど、登場の仕方から怪しさ満載だったし予想できてしかるべきだったかもしれない。

　ともあれ気さくに話しかけてきたことからして、害意があるわけではなさそうだ。だったらついでに、猫踊りの件について色々とたずねてみよう。

「お兄さんもかつては親玉といっしょに踊っていたわけですよね？　なのに成果が出なかったから、今は諦めちゃっていると」

「まあね。日々の務めを終えたあとの夜を狙《ねら》うだとか、仲間を集めまくって大騒ぎしてみるとか、私たちもない知恵を振り絞って工夫してみたけど、あの御方の心を引き留めることはできなかった」

「ぼくからしたらむしろ、マンマル様のほうが薄情に思えますけど。わざわざ宴を開いてくれるなんて、愛されている証拠じゃないですか」

「構われたくて騒ぐのが愛だなんて、まさしく幼子《おさなご》の発想だよ。私たちはただ求めるだけで、マンマル様の心を理解しようとしなかった。それでは見放されてしまうのも無理はない。あの毛玉はばかだから、そこのところがいまだにわかっていないのさ」

モノノ怪のお兄さんは苦笑いを浮かべ、夜空に浮かぶ星々を眺める。雑司が谷にいるであろう親玉のことを考えているのか、それともマンマル様のことを想《おも》っているのか。

やがて彼はこちらに視線を戻し、当時のことについて語った。

「かつて一度だけ、マンマル様が日々の務めを放棄なされたことがあった。すると地上は闇に包まれ、あらゆる災厄が降りかかった。人間たちもモノノ怪たちも大慌てさ」

「ちょっ……待ってください。仕事をサボっただけでそんな騒ぎになるんですか」

「マンマル様は現世《うつしよ》と幽世《かくりよ》――言うなればモノノ怪の世界だね、その両方を見守っている偉大な存在だよ。要《かなめ》のような役割を担っているだけに、不在の影響は計り知れない」

とっさに言葉が出てこない。親玉のでかい版みたいなモノノ怪をなんとなくイメージしていたけど、想定していた以上にすさまじい存在だったらしい。

しかしぼくの驚きに構わず、モノノ怪のお兄さんは話を続ける。

「その際にも私たちは賑やかな宴を催し、マンマル様のご機嫌を取ることで難を逃れた。猫踊りはあの御方に構ってもらうために考案されたものだけど、地上の安寧《あんねい》を守るための神事としても行われたわけだな。といってもマンマル様自身いたく反省していたから、ヤケを起こしたのはあとにも先にも一度きりだったけど」

「そんなにぽんぽん災厄を振りまかれたらたまったもんじゃないですよ。で、結局なんで仕事をサボったんですか。どうしても行きたいライブがあったわけでもないでしょうに」

「どうなのだろうね。なぜあのときお心を閉ざされたのか、今となっても答えは出ていない。様々な憶測が流れたけど、本気で考えようとしたものは誰もいなかった。大切な務めを放棄するほどの、大きな悩みを抱えていたはずなのに……」

モノノ怪のお兄さんは、過去の失恋を語るように声を震わせる。

大切な相手がつらい思いをしているときに、寄り添おうとしなかった——だから見放されても仕方ないと、嘆き悲しんでいるのだろう。

実にわかりやすい悩みで、ぼくとしても共感してしまう。

ただ、そうやって後悔しているのならばなおのこと、

「なのに諦めちゃったんですか？」

「おや、意外と手厳しいね」

「部外者だし偉そうなことは言えないんですけど……お兄さんの話を聞いた感じだと、今もけなげに努力している親玉のほうがまだ好感は持てますね。つか愚痴《ぐち》ってるくらいなら協力してくださいよ。ぼくからしたら猫踊りさえ成功すりゃいいわけで、あなたたちの個人的な感傷まで面倒を見きれませんて」

「あははっ！　こうもはっきり言われるとは思わなかったなあ！　しかしそうだね、君たちがかつての宴をプロデュースした暁には、私も踊りに参加してやろうじゃないか」

お兄さんはそう言ったあとも、声を出して笑い続ける。ほとんど泣いているような有様《ありさま》で、見ためが麗しいだけにそんな姿もずいぶんと絵になっていた。

「君と話せてよかったよ。わずかながらも希望が持てたことだし、今日のところはお開きといこうかな。でもその前にひとつ、本来の用事を果たしておかなくては」

モノノ怪のお兄さんはそう呟くと、唐突にひらりとステップ。

お酒を飲んでいたみたいだし酔いが回っているのかと思いきや、彼が千鳥足のままステップを踏むたびに、そばにあった桜がぽんと花開いていく。

「面白いだろう？　私はこうやってねえ、風の匂いが変わるたびに踊るのさ。そうして冬

は去った、春が来たよって、みんなに教えてあげるのだよ」

お兄さんがステップを踏むたびに、神社の桜が満開になっていく。ふらふらとした足取りはやがて、超一流のダンサーさながらの――いや、それ以上に優雅な春の舞に。

いつのまにやら、境内の提灯はふよふよと浮かぶ火の玉に。お兄さんは作務衣から真っ白な装束に。頭にはつんと尖《とが》った耳、ステップに合わせてふさふさの尻尾が揺れている。

あまりの美しさに呆然としていると、頭の中にささやきかけるように声が響いてくる。

『ああ、そうだ。やんちゃなお嬢さんにもよろしくね』

◇

2

ぼくは目を覚ます。

桜を見ながら居眠りしていた？

いや、三分咲きだったはずの花が今や満開になっている。それにふと脇を見れば、かつてモニカが蹴り倒した稲荷様から、甘いお酒の匂いがぷんと漂っていた。

『へえ、私も見たかったな。稲荷様の舞』

帰宅して早々に神社でのことを話すと、モニカから脳天気なコメントが返ってくる。

しかしぼくとしては、いよいよ後戻りできない気配が漂ってきたことに焦りまくっていた。なにせ目的を果たすために飛び越えるべきハードルは、最初に考えていたものより高々と伸びあがっているのである。

稲荷様による春の舞は度肝を抜かれるほどに美しかった。かつては彼も親玉の仲間として参加していたわけだし、ほかのモノノ怪もいっしょに踊っていたことを考えると、最盛期の猫踊りはぼくたちが想像できないほど絢爛豪華《けんらんごうか》な宴だったはずだ。

マンマル様にしたって世界に影響をおよぼすほどのすごい存在だったわけで、その点を踏まえるなら過去にモニカが作ったヒットソングですらパワー不足――スランプを脱却して新境地を開いたとしても、求められる水準には届かない可能性さえある。

しかし当の毛玉は前足でぽりぽりと背中をかきながら、

『まあなんとかなるっしょ。だって私だし、なにせ天才だし』

「お前の自信はどこから来るんだよ……」

『つか必死こいて曲を作っている最中なのに、やる気なくすようなことばっかり言わないでくれない？　本来なら励《はげ》ましたり勇気づけたりしてサポートするタイミングでしょ、うちのクソマネじゃないんだから』

前から気になっていたけど、こいつめちゃくちゃ自分のマネージャーが嫌いだよな。

とはいえ今回にかぎっては、彼女が全面的に正しい。

「そうだな。うまくいかないかもと考えるよりは、絶対にできると信じてやったほうがいいものができそうだし。てことでまずは今やっているぶんを聴かせてくれ」

『暗にディスってきたからケンカ売ってるのかと思ったら、私の新曲が気になって煽っていたわけね。まだ途中だし本当はお披露目したくないんだけど、ツンデレさんのために特別に試聴させてあげる』

モニカはもったいをつけるようにそう言ったあと、音楽の再生ボタンを押す。作っている最中に彼女の頭の中からメロディは流れてきていたので断片的には知っていたものの、まとまった曲として聴くとやはり受けとったときのイメージが変わってくる。

ジャンルとしては今どきのファンクっぽいダンスミュージック。ぼくも大好きなファレル・ウィリアムスのいわゆる変態サウンドを参考にしているようにも思えるし、往年のロックや歌謡曲っぽいエッセンスを混ぜこんでいるところは岡村靖幸《おかむらやすゆき》を彷彿とさせる。

ちょいダークなバラード、あるいは泣けるラブソング系のミュージシャンとして売りだしていたモニカの経歴からするとほとんど真逆、そういう意味では新境地といっていい。

ただいくつか難点をあげるとすれば、

「全体的に音がとっちらかっていて、いまいちノリきれないな。欲張りすぎというか下品というかハンバーグにナポリタンをどん！　ついでにハムカツとポテトサラダもどん！　みたいなカロリー高いメニューをぶちこんだ弁当というか、ひとつひとつの料理はうまいのにどれも味つけが濃いからすぐに飽きがくるというか」

『ぐ、これはまだ未完成だし』

「スランプを脱却すると言っていたけど、むしろ迷走しているんじゃないか？　なんでもかんでも詰めこむのは自信がないのをごまかしている証拠、ぼくの前じゃいつも大口を叩いているけど本当は——って痛い痛い痛い、気にいらないからって噛むな」

『あーだめもう完全にやる気なくなった。どうせ才能ないし音楽やめる。このまま可愛い猫ちゃんとして一生だらだら暮らすことにするわ、あなたの家で』

「お前……さじを投げるのが早すぎるだろ。どんだけ打たれ弱いんだよ」

『あなたこそ、私が今どんだけしんどいか理解してないでしょ？　こちとらスランプだっつのそりゃすぐにうまくいかないっつの、なのにボロクソ言われたら逃げ場ないじゃん』

「そこはほらプロとして、真摯《しんし》に受けとめる覚悟を」

『もういい。だからまだ聴かせたくなかったのに』

モニカはぷいとそっぽを向くと、猫用のベッドで丸くなってしまう。何度か声をかけてみたもののまったく返事をしてくれないし、本気でふてくされているようだ。

ぼくは困って天井を仰ぎみる。

ちょっと言いすぎたかもなあ。ここのところ根を詰めてやっていたみたいだし、自信たっぷりのようでいて苦戦しているのかもしれない。

しかしこの調子だと、猫踊り用の曲が完成するのはかなりの時間がかかりそうだ。とくに期限は設けていなかった気もするけど、親玉はいつまで待ってくれるだろうか。

◇

翌日も夜勤。前日に早退したぶん普段よりきびきびと働いたものの、そこまでする必要もなく順調なペース。連日平和なんて珍しいな。さては雪でも降るんじゃないか。

一段落したのでトイレ休憩に行くと、同じタイミングで見覚えのない若者がやってくる。小麦色の肌に彫りの深い顔立ち。即戦力と噂《うわさ》の留学生、ギ・ドクくんだ。

……挨拶さえしたことない相手と、並んで用を足すのは気まずい。

向こうも同じことを思ったのか、目が合った瞬間に笑顔。

悪いやつではなさそうだな、こいつ。

ところが、

「あんたが小便をしているところで、俺も小便をしている。この意味がわかるか」

「は?」

相手の顔を見ると、猫の瞳がぎょろりと見つめていた。

こいつ、人間じゃない。さては親玉が変化《へんげ》しているのか。

一瞬だけそう思ったものの、雰囲気が異なることに違和感を抱いていると、

「俺は化け猫衆のナンバーツー、夜哭《よな》きのドクといえば界隈で知らぬやつはいねえ」

「てことは親玉の家来なわけか……」

「ご理解いただけたようでなにより。仲間になったのはボスが漱石先生に飼われていたところだから、モノノ怪としては百年選手さね。てなわけで、さっきの答えを教えてやるよ」

身体の自由を奪われながらトイレを出ると、工場は猫に支配されていた。

従業員が奴隷のごとく平伏する中、可愛らしいにゃんこたちが商品であるはずのツナパンをむしゃむしゃと食べている。

猫の排泄行為《はいせつこうい》は犬と同じく、マーキング目的もある。

つまりドクくんがさきほど用を足していたのは、

「今日からここは、俺たちのナワバリってことさ」

◇

モニカの巻きぞえで猫踊りのプロデュース計画に協力するはめになったとはいえ、バイ

ト先がにゃんこたちに占拠される展開はまったく予想できていなかった。

焦りと困惑がないまぜになったまま、ぼくは不条理な状況を打破する手段はないかと周囲を見まわす。しかし山口係長やほかの従業員はモノノ怪の存在すら知らないし、ほとんどが生きることに疲れている社会人だったので、

「よーしよしよし、よーしよしよし。モフモフにゃんこちゃんでちゅねー」

と、愛くるしい猫ちゃんに骨抜きにされていた。

動物に癒しを求めてしまう気持ちは理解できるけど、おっさんがでちゅでちゅ言いながらにゃんこに話しかけている姿は傍から見るとなかなかにしんどいものがある。

ぼくは茫然《ぼうぜん》自失《じしつ》のあまり、ほとんどひざから崩れおちそうになって、

「どうしてこうなった……」

「そりゃもちろん、宴の開催地に選ばれたからさね」

「はあ⁉　猫踊りを、うちの工場で⁉」

動揺しすぎてニワトリみたいな声が出てしまう。

この惨状からさらに追い打ちをかけてくるのかよ。

口から泡《あわ》を吐きそうになりながら大量の疑問符を投げつけると、

「お前らを監視するためにも拠点が必要なわけだし、ならいっそ群馬でやればいいじゃねえかって話になったのさ」

「冗談じゃないぞ、ぼくのバイト先でどんちゃん騒ぎされてたまるかっての。わざわざ出張しないでも雑司が谷でやればいいいじゃないか。東京のほうが集まりもいいだろうに」

「いやそれが調べてみたらよ、このあたり一帯は開催地としてもうってつけの場所でなあ。すっげえ昔にお前ら人間が古墳をポコポコ建ててくれたもんだから、霊気の濃さやら幽世との結びつきやらがめちゃくちゃ強《つぇ》えのさ」

困ったことに、反対する間もなく外堀を埋められてしまった。

そのうち邪馬台国も群馬にあるとか言いだすんじゃないか、こいつ。

あまりのことに頭を抱えるぼくに構わず、ドクくんは屈託のない笑みを浮かべると、

「プロデュースの提案を受けて、ボスの心にも火がついたみてえでさ。新たにはじめる猫踊りは昔の仲間にも声をかけて、この世のモノノ怪すべてを巻きこんだ盛大な催しにするらしい。そのための準備に時間がかかるだろうし、今はまだ急《せ》かすつもりはねえから安心しろや。つってもあんまり怠けているようだと、鍋になるやつだって出てくるかもなあ」

「アハハハ。悪い冗談はやめてくれないかな……」

工場の従業員を眺めて舌なめずりするドククんに、ぼくは乾いた笑みを返すほかない。

スケジュールに余裕を持ってくれるのはありがたいかぎりだけど、その間バイト先が人質に取られているとなれば、むしろ今まで以上に気が休まらない状況になってくる。

しかも今の話を聞いた感じだと親玉たちだけでなく、昨晩に会った稲荷様やらまだ見ぬ

モノノ怪やら、全国各地の魑魅魍魎《ちみもうりょう》がうちの工場に大集合するわけだ。

猫に占拠されているくらいならまだ平和だったな、マジで。

◇

用件が終わったら帰るのかと思いきや、ドクくんはなぜか同じブロックで食パンやら団子やらを配りはじめた。周りを見ればほかの猫たちも、瀬古さんをぺしぺし叩いて真面目に働かせたり事務所で電話番をしたりと、まるで工場の一員のように働きはじめている。

ぼくがぽかんとしながらその様子を眺めていると、

「おいこらサボってんじゃねえ。ただでさえ普段から遅れがちなんだからよ」

「ドクくんたちも手伝うの？　占拠したのに」

「ばか野郎。ナワバリを管理するのは当然だろうが」

ああ、そういう理屈になるわけね。

横暴なのか真面目なのか。にゃんこだけに読めないないなこいつらも。

見た感じ従業員たちに危害を加えるような気配もないし、言うことを聞いているかぎりは安全なのかもしれない。どころか猫の手を借りたおかげで普段より順調なペースだし、もはやなにが正しくてなにが間違いなのかさえわからなくなってくる。

いずれにせよそんなわけで、夜勤は問題なく終わって帰り際。モニカにも一度挨拶しておきたいというので、我が家にドクくんを招くことになった。

作業服から着替えて駐輪場に行くと、愛車のトレックマーリン6に目つきの悪いにゃんこがしがみついている。細くしなやかな黒猫で、うっすらとグレーの虎模様。

そのまま数分ほど見つめあう。邪魔だからどいてくれないかな猫ちゃん。

ていうか先に着替えて待っているとか言っていたくせに、ドクくんはどこに行ったのだろう。彼を探してキョロキョロしていると、黒い毛玉がサドルにまたがって、

「にゃあ」

「なるほど。君がドクくんなのか」

変化を解いているなら、あらかじめそう言っておいてほしい。

つか君はその姿だと使えないのね、脳内ブルートゥース接続。

チャリにカゴをつけていないから着替えを入れたバックパックにドクくんを詰めて帰宅するはめになったが、ともあれさっそく部屋に向かいモニカに声をかける。

「おーいまだ起きてるか。実はお前に紹介したいやつが……って、あれ？」

モップの姿がない。

この時間はパソコンで作曲しているか猫用のベッドで丸くなっているはずなのに。

ドクくん入りのバックパックを背負ったままベランダや庭、屋根のうえを確認してみる

もののの、やはり彼女の姿はどこにもない。

そういえば昨日、未完成の新曲について感想を言ったら険悪なムードになったような。バイトに行く前はあいつが寝ていたから会話しなかったけど、実はまだ拗《す》ねているとか。

ひとまず部屋に戻ったあと、なにげなくパソコンを開いてみる。すると、

【旅に出ます。探さないでください。 モニカ】


背中のドクくんが、どうしたのかとたずねるようににゃあと鳴く。

しかしぼくとしても、どうしたらいいのか誰かにたずねたいところだった。

あのクソ毛玉、ふてくされてバックレやがった……。

第四話　天狗の仕業

1

最初に怒り、続けて焦りがやってきた。

よりにもよって、お目付役のドクくんが挨拶にきたタイミングで逃げだしやがって。

親玉の右腕にして血の気も多そうな化け猫が、しびれを切らしたのか背負っていたバックパックから飛びだしてきて、パソコンの画面を見る。

重たい沈黙が流れたあと、気まずさに耐えきれなくなったぼくは視線を泳がしながら、

「すみません、モニカが家出しました」

ぼふんと煙が立ちあがり、歌舞伎町《かぶきちょう》でホストをやっていそうな兄ちゃんが現れる。

猫が人間になるところなんてはじめて見た。衝撃映像にもほどがあるぞこれ。

なんて呑気《のんき》なことを考えていたら、いきなり胸ぐらをつかまれる。

「おいそりゃ、どういうことだ」

「実はあいつ昔から、気にいらないことがあると逃げだす癖が……」

デビューしたあともそれで、何度かスキャンダルを起こしたくらいなので。人気絶頂のミュージシャンが失踪したわりに、本格的な捜査が行われていない理由でもあるので。

「にゃんこの足だしまだ遠くには行っていないと思うので、近所を探してきます」

「俺も手伝う。くそ、見つけたら根性を入れ直してやる」

ぼくはその言葉に、深く深く同意する。というわけでドクくんとふたり、夜勤後のへろへろの身体で家出した猫を探すはめになった。

◇

外に出た直後、ドクくんは鼻をスンスンと鳴らして「こっちだ」と右に曲がる。

モニカの残り香がたどれるのだろうか。そういえば彼女も高田馬場の坂から雑司ケ谷霊園まで、親玉と化け猫たちの匂いを追いかけることができたっけ。

気になったので歩きながら彼にたずねてみると、

「惜しいな、匂いじゃなくて霊力をたどっている。あの女の呪いはボスがかけたものだ。かなり強い力が作用しているから、モノノ怪なら誰でも追うことができる」

なるほど。いかにもファンタジーな理屈だ。

ドクくんは霊力をたどりながら、さらに詳細なところを解説してくれる。

「実のところ呪いで猫に変えるだけなら、そんなに大きな力は使わねえ。ただ会話する能力を与えたりすると、ただの毛玉を化け猫に変えるのと同じかそれ以上の負荷がかかる。限定的とはいえわざわざそんな力をくれてやったのは、温情みてえなものだろうな」

「おかげで助かったよ。意思疎通できないと大変だったし」

というよりモニカにしてみれば、ぼくと会話できなかった時点でバッドエンド確定だ。ある意味そのほうが、平和だったのかもしれないけど。

その後もドクくんはスンスンと鼻を鳴らしながら、迷いのない足取りで進んでいく。この調子ならすぐにでも、モニカを見つけられるかもしれない。

安心したからか当初の怒りと焦りは遠のいてきて、かわりにわずかな罪悪感が芽ばえてくる。拗ねて家出したモニカが当然ながら悪いのだけど、昨日のことについてはぼくのほうにも反省すべき点があるような気がしてきたからだ。

ゴールを目指して走っている最中に、無理かもしれないと言われたら、気持ちが萎《な》えてくるのはよくわかる。そのうえ励ましてほしい勇気づけてほしいとわかりやすいサインを送っているのにもかかわらず、長々とだめ出しをされたら心だって折れるだろう。

ぼくだったら絶対にやる気をなくす。でも昨日、モニカにそれをやったのだ。

距離感というのは難しい。

近すぎると遠慮がなくなって、うっかり衝突してしまう。

あいつに一泡吹かせてやりたいとは常々思っているけど、勢いあまってラフプレーをしたら反則負けだ。後味の悪さが残るだけで、まったくもって愉快じゃない。

そんなふうに悶々《もんもん》としているうちに、近所の商店街にさしかかる。朝方だからシャッターが閉まっているお店ばかり、といっても昨今はコンビニやショッピングモールに客を取られて、一日中《いちにちじゅう》閉まっているお店のほうが多いくらいではあるが。

「ここまで来ればなんとなくわかってきたよ、モニカの居場所」

「そうなのか？　じゃあ手っ取り早く案内してくれ」

ぼくはすたすたと前を進み、とあるお店にたどりつく。うら寂れた商店街の中では珍しく繁盛しているところだからか、朝も早いうちからお店の準備をしているようである。

箒《ほうき》を持って軒先に出てきたおばさんとちょうど目があったので、

「おはようございます、モニカのお母さん」

「あら、おひさしぶり。たまにはご飯を食べに来なさいね」

ぼくはあははとうなずき、学生のころはよく通っていた中華料理店を眺める。味もよくて安いからモニカと関係なく愛用していたのだが、彼女がミュージシャンとして有名になってからは行列ができるほど混《こ》むようになったので、最近はあまり行かなくなったのだ。

「お隣のかたはお友だち？」

「ええと……モニカのファンらしくて、お店をちょっと見にきたというか」

ぼくが紹介すると、ドクくんは無言で頭をさげる。

通りかかっただけと言い張ってもよかったのだけど、ファンを連れてきたことにしたほうが、お店の前をうろついていても怪しまれないはずだ。

さて、あのモップはどこに隠れているのだろう。ぼくの家から飛びだしたものの行くあてがなく、やむを得ず実家に向かったのはわかりきっている。

するとまるでぼくの心を読んだみたいに、

「うちに来たってあの子はいないけどね。たぶん今ごろはグアムとかハワイで羽を伸ばしているのじゃないかしら。まったくねえ、人様に迷惑ばかりかけて」

大雑把なところはさすが親子、モニカのお母さんは冗談まじりにそう言って笑う。

しかしお店のドアを見れば『メディア取材お断り』だの『しつこい場合は警察に通報します』などの貼《は》り紙《がみ》が貼られていて、スキャンダルに対する苦労がうかがえる。

それに音信不通とはいえ実の娘が二週間以上も失踪しているとなれば、心配していないわけがない。できることなら事情を打ち明けたいところだが、呪われて猫になっていますと正直に話すこともできない。ぼくは考えた末に、

「実を言うとですね、つい先日あいつから連絡があったんですよ。スランプだからしばら

く旅に出るとかで。今は……インド、そう、ちょうどこのドクくんの故郷に行ってスピリチュアルなエナジーを高めて再出発するとかなんとか、わけのわからんことを」

「あらそうだったの。元気でいるのならよいのだけど」

ぼくのでまかせを信じてくれたようで、モニカのお母さんは安心したように呟く。

あいつの実家に顔を出すくらいならもっと早くにできたわけだし、フォローを入れるタイミングとしては遅すぎたと、お母さんの表情を見ているとつくづく後悔してしまう。

張り詰めていた糸が切れたのか——ぽろりと涙をこぼされたのなら、なおさらだ。

「ごめんなさいね、歳を取ると涙腺《るいせん》がゆるくなってきちゃって。あの子もお父さんとは相変わらずだけど、私にはちょくちょく電話なりメールなり入れてくれていたのよ。だけど今回はそれがなかったからやっぱりねえ、本当にもう、心配ばかりかけるんだから」

「こっちこそすみません、すぐに知らせるべきでした……」

「いいのいいの、マスコミがうるさかったし。で、本当は今日それを伝えに来たの？」

「ええと、猫を見ませんでしたか。使い古したモップみたいな、ぶさいくなやつ」

「そういえば最近よく見かけるわね。残飯を漁りに来るのかやけに人懐《ひとなつ》っこくて」

なんだよモニカのやつ、前からこっちにも顔を出していたのかよ。

平気そうにしていたけど、あれでけっこう家族のことを気にしていたのかな。猫になったことにしても単に強がっていただけで、内心ではずっと不安を感じていたのかもしれない。そんなふうに考えてみると、なおさら悪いことをしたような気分になってくる。

仕方ない。家出したあいつに説教をかますつもりでいたけど、それはドクくんがやってくれるだろうし――ぼくのほうは昨日のぶんまで、励ましたり勇気づけたりしてやるか。

そうと決まればなおのこと、早く見つけてやらなければ。

とは思うのだけど、

「でも今日は見てないわねえ。ぶさいく猫ちゃん」

なんて言われてしまったので、ぼくははてなと首をかしげてしまう。

実家にいないのなら、あいつは今どこにいるのだろう?

モニカのお母さんが店内に戻ったあとも周辺を捜索してみるものの、やはり姿はなく
「霊力の気配も途絶えている」とドクくんに言われたので切りあげることにする。

状況証拠から判断するに、ぼくの家から出たあと実家のある商店街に向かったことは間違いなさそうだ。しかし母親の目に留まる前に、モニカは何処かへ姿を消している。

手がかりがつかめない中、頼みの綱のドクくんが困惑したように呟く。

「さっきも話したが、ボスがかけた呪いは強力だから半日経っていようが流れをたどれる。追跡を阻止するために霊力を遮断するなんて真似は、よっぽどの修行をしないかぎりできる芸当じゃねえ。空を飛ぶとか幽世の抜け道を通って逃げるってのも無理だよな」

ドクくんはむうとうなったあと、唐突に鼻をスンスン鳴らして顔をあげる。その視線の

先にはよく晴れた春の空が広がっていて、寝不足で疲れていなければ清々《すがすが》しいと感じたかもしれない。やがて彼は忌々しげにチッと舌打ちし、

「まずいことになったな。霊力の流れが空に向かっているぞ」

「え、マジで飛んだのあいつ」

勘弁してくれ。

猫になっただけでも手がつけられないのに、今度は神通力《じんずうりき》に目覚めやがったのかよ。

相手がモニカだからついそんなふうに考えてしまうものの、ドクくんは呆れた顔で、

「んなわけねえだろばか野郎。空を飛んだのは別のモノノ怪、つまりあの毛玉が外に出たところを狙ってかっさらったやつがいたんだよ」

「……な、なんだって⁉」

モニカが誘拐されたってことか？　いったい誰が、なんのために。

突然のことに動揺するぼくを見て、ドクくんは落ち着かせるように、

「慌てるな。わざわざさらっていくんだから、すぐには危害を加えねえってことだろ。最後は鍋に入れて食っちまうつもりかもわからんが、もしそうだとしても手遅れになる前に助けだしてやりゃあいい。まあいずれにせよ」

ぼくはめまいを覚えながら、次の言葉を待った。話の流れから覚悟を決めていたとはいえ、夜勤明けの身体にはなかなかにヘビーな真実が告げられる。

「天狗の仕業なのは、間違いないな」

2

「俺たちはこれから天狗のナワバリに乗りこんで、家出の途中でかっさらわれた間抜けな毛玉を救出する。どこの、っていう確固たる証拠があるわけじゃねえから、可能性が高いところから順にあたっていくとしよう」

「君の口ぶりからすると、天狗のナワバリがいっぱいあるみたいに聞こえるけど」

「最近はめっきり数が減っちまったとはいえ、昔は山があれば天狗がいるってくらいにゃ広い勢力を持っていたのさ。有名どころとしちゃ京都の鞍馬《くらま》だが……関西のモノノ怪がわざわざケンカを売りにくるとは思えねえし、近場でほぼ決まりだろうよ」

助手席に座るドクくんの説明を聞きながら、ぼくは父から借りたラクティスを富岡市《とみおかし》方面に走らせる。世界文化遺産に登録された富岡製糸場《とみおかせいしじょう》、こんにゃく製品が無料で食いまくれることで人気のこんにゃくパークなど、群馬県らしい地味めな観光スポットを素通りし——目指すは赤城、榛名と並んで上毛三山に数えられる妙義山《みょうぎさん》である。

ぼくの記憶が確かなら天狗伝説が語られている地のひとつだったはずだし、化け猫や稲荷様をこの目で拝んでいる以上、群馬に天狗がいるとしてもさして驚きはしない。

「ちなみにあんたは、天狗についてどこまで知っている？」

「顔が赤くて鼻が長い、あとは空を飛んでたまに人をさらうってくらいかな」

「てことはほとんど知らねえってことか。群馬に住んでいるやつにかぎらず天狗の頭領ってのはうちのボスや稲荷の旦那《だんな》と同じような、曖昧かつ超常な神話生物だ。俺みてえな普通のモノノ怪よりずっと力が強くて偉い存在でな、全盛期にゃひと吠《ほ》えで雷を落とし、虫の居所が悪いと山を揺らしたり火の玉をぶん投げて暴れまわったりする、気性の荒い一族だったと聞いている」

「待って。そんなやばいやつのところに行くのかよ」

「今はだいぶ衰えているみてえだから安心しろや。まあ長生きしているってこたあ天狗にしたって、マンマル様に見放されたことで嘆き悲しんだモノノ怪のひとりなんだろうな」

「だったらなんでモニカをさらったのかな。猫踊りのプロデュースが成功すればお目当ての御方に再会できて万々歳のはずなのに、稲荷様みたいに賛同してくれるならまだしも、こんな陰湿なことをしてくるなんて理屈に合わないじゃないか」

「物事ってのはそう単純じゃねえからなあ。見放されたことでマンマル様を恨むようになったのかもしれねえし、前向きに努力しているボスが妬《ねた》ましくて邪魔しているのかもしれねえ。あるいは人間どもがモノノ怪とつるんでいるのが気に食わねえってだけで、猫踊りそのものには関係ねえかもしれねえ。敵意なんてものはどこからでも湧いてきやがるし、下手すりゃまったく予想がつかないところで逆恨《さかうら》みされている可能性だってある」

なるほど。人間の世界にもそういう厄介な連中はいるな。説得が通じる相手かどうかさえわからない以上、やはり気づかれないように救出するのがベストかもしれない。

「今にして思うと……ボスはこういった事態を未然に防ぐために、俺たちを群馬に寄こしたのだろうな。なのに後手に回っちまっているし、右腕として心苦しいかぎりさね」

「それを言ったらぼくだって、モニカにもうちょっと優しくしておけばよかったなって後悔しているよ。まさか家出するなんて思っていなかったしさ」

「しかし猫踊りの準備に集中しときたいってときに、悪いほう悪いほうにばかり話が転りやがるぜ。実を言うとボスは今、昔の仲間を集めようって方々のモノノ怪に声をかけていてな、それが忙しくて群馬に顔を出せずにいるんだが……伝え聞くかぎりだとあまりよい返事は聞けていないらしい。だからこそあんたのところの歌姫様に早いところすげえ曲を作ってもらって、そいつを起爆剤にしたかったのに」

ところがモニカは作曲に行き詰まって家出して、あげく悪い天狗にさらわれてしまった。まさしく状況は最悪のひとことだが、だからといって立ち止まってはいられない。

「いつも迷惑ばかりかけやがるから、いっそ家から放りだしたいところなんだけどね。でも飼い主としての責任があるし、あいつをきちんと連れ戻さなくちゃ」

「あんたも難儀なやつだよなあ。うちのボスとよく似ているよ」

どこが？　と思って首をかしげると、ドクくんはにゃははと笑う。

その後に呟かれたひとことは、かつてないほど腹立たしいものだった。

「惚《ほ》れた女の尻尾を追いまわすのが、楽しくてやめられねえってタチさね」

◇

ドクくんと車内でぎゃーぎゃーとやりあったあと、妙義山最寄りの道の駅でしばし休憩を取る。前日から徹夜だし本音を言えば仮眠を取りたかったが、事態は急を要するためそうもいかず、せめて腹ごしらえだけでもしておこうという話になったのだ。

春の行楽シーズン、しかも登山や神社の参拝に絶好のよく晴れた日である。正午より早い時間に食堂へ赴いたもののすでに多くの客で賑わっていて、頼んだ蕎麦《そば》を食べるまでにだいぶ待たされるはめになった。おかげでお互い睡魔に襲われてしまい、ドクくんはあくびを噛《か》み殺《ころ》しながら今後の道順について話しはじめる。

「道の駅から徒歩で妙義神社まで行って、そこから天狗のナワバリに向かう。普通の人間じゃ通れねえ幽世の抜け道を使うから山で遭難する心配こそねえが、天狗の家来に見つかれば危険はぐんと跳ねあがる。といってもまあ、前足で軽くひねってやるさ」

「頼もしいかぎりだよ。で、ぼくはただついていくだけでいいの？」

「なにごともなければな。大勢の家来に見つかって処理しきれなくなったときは俺が囮《おとり》になってかく乱するから、その間にあんたがナワバリに潜入しろ」

また急にハードルが高くなるな。万事がうまく進むことを祈ろう。

ぼくが「了解」とうなずくと、ドクくんは返事のかわりに痛烈なビンタをかましてくる。気合を入れるつもりなのかなんなのか、理不尽すぎる暴力にびっくりして、

「痛いな！　いきなりなにするんだよっ！」

「親玉の霊力を感知するまじないさね。途中ではぐれたときの保険は必要だろ」

言われてスマホのカメラで確認してみると、頬ににゃんこの足跡みたいな模様がついている。つまりこれがあれば、自力でモニカのところにたどりつけるってことか。

ビンタする前に言えよと思うし普通に痛かったしで釈然としないものの、

「う、うん。ありがとう……？」

「もうひとつ注意事項な。うちのボスや稲荷の旦那は俺みてえな毛玉のたぐいを家来にするが、天狗の頭領は人間を家来にすることを好む。成仏できねえ幽霊を飼いならすとか、幼い子どもに霊力を与えてお仲間にするってな具合に」

「なにそれ、やばそう」

「要するに化け猫の人間版みてえなのがいて、あんたらが俗に天狗って呼んでいるのは頭領ではなくて家来のほうさね。元々は人間なわけだから俺みてえな変化しているやつより

ずっと見分けがつかねえし、なんなら普段から集団で社会に溶けこんでいたりする。すれ違いざまに気の波動をぶっ放されるかもわからんから、ちっとばかし気をつけておけや」

気をつけていればどうにかなるものなのだろうか、それは。

めちゃくちゃ不安になる話をされたので周囲を見まわしてみるものの、当然というべきかあからさまに怪しい客はいない。いや、むしろ無害に見える人物のほうが天狗の可能性が高いということだってあるか。

ぼくがそんなふうに疑心暗鬼に陥《おちい》りかけたところで、

「んじゃ俺はちょっと寝るわ。幽世の抜け道もさっきつけたまじないで感知できるだろ」

「はあ!? 寝るってなんで君だけ……」

「ずっと人間に変化していると疲れるんだよ。このままだといざってときに力が出せねえし、途中までバックパックに詰めて運べば——って、もう無理。限界」

直後、おなじみの煙がぼふんとあがり、目つきの悪い黒にゃんこが現れる。

往来で元の姿に戻るから一瞬だけ焦ったが、周囲の客が気にする素振りはない。なんらかの術で、あらかじめ対策しているのだろうか。

いやそんなことより、気持ちよさそうにいびきをかく猫を抱えてぼくは今ひとりきり。

事前に用意しておいた猫用のキャリーバッグに突っこんで神社に向かうものの、状況が状況だけにかなーり心細かった。

◇

道の駅に車を停《と》めたときにも感じたが、妙義山は麓《ふもと》の時点で天狗が住んでいそうな雰囲気が漂っていた。灰褐色の岩肌が露出した山容は中国の水墨画を思わせ、隣に龍や虎を添えたとしても違和感がなさそうだ。おまけに今の時期は頰紅《ほおべに》を溶いて流したようなしだれ桜が満開の花を咲かせていて、なおさら絵画の世界に迷いこんだような錯覚を抱かせる。モニカを助けにいくという目的でなければ、美しい景色に時を忘れていたことだろう。

目当ての妙義神社は主峰の中腹に建てられているため、道中は延々と坂道が続く。朱塗りの門が見えてきてようやくたどりついたと思ったら、そこはまだ入り口。頰についたまじないからもなんら反応はなく、やはり奥の本社まで歩いていかねばならないらしい。

夜勤明けの寝不足による影響は正午を過ぎたあたりからピークを迎え、すでにさきほど食べたばかりの蕎麦を逆流しかねないほどに体調が悪い。境内のあちこちに石段があるから歩くたびに体力を消耗するし、中間地点からさらに奥へ進むための道には、天国まで続いているのではと疑うくらい長くて傾斜のえぐい石段が待ち構えている。

二匹の狛犬《こまいぬ》が並ぶ社の前で、ぼくはしばしの休憩を取る。

傍から見ても具合が悪そうに見えるのか、外国人のカップルや団体のご婦人がた、白髪のおじいちゃんなどが声をかけてくる。しかし天狗がまぎれているかもと思うと素直に好意を受け取ることができず、お構いなくと言葉を返しながら心拍数を整えていく。

ようやく吐き気が収まって周囲に目を向ける余裕が戻ってくると、まず傍らに立つ社に目を奪われた。軒下には赤青黄とカラフルな色合いの装飾が施されていて、パステルカラーにも見える飾りつけを引き締めるように金がちりばめられている。近づいてよく見ると絢爛な花模様や金の縁取りにまぎれて自然の動物たちが彫られていて、そういう遊びを見つけるのもなかなか楽しい。じっくりと眺めている時間がないのがつくづく残念だ。

と、そこでふいに視線を感じ、ぼくはガバッと振りかえる。

しかし怪しい人影はなく社を守る狛犬だけがこちらを見つめている。

気のせいか……？　そう思った直後に違和感を覚え、理由がなんなのかを考える。

狛犬の向きが変わっているのだと気づいたときにはすでに遅く、

『お前、なんだか匂うな。背中に抱えているものを見せろ』

「ひい⁉」

石なのに喋った。しかも二匹とも持ち場を離れて、のしのしと近寄ってきている。

人間の中にまぎれているかもと言われていたせいで、置物に襲われるというのはまったくの想定外。背中のドクくんの気配で気づかれたっぽいし、揺すっても全然起きてくれないしで、親玉の右腕というわりにまったく頼りにならないぞ。

とにかく走って逃げよう。狛犬は石造りなだけあって動きが鈍《にぶ》いのか、ルンバ程度の速度でしか近寄ってこない。引き返すべきか迷った末に奥へ針路をとり、春の空まで続いていそうな石段を駆けあがる。

しかし途中で上段のほうに目を凝《こ》らすとわらわらと人影が迫ってきていて、なんと休憩中に声をかけてくれた外国人カップルやご婦人集団、白髪のおじいちゃんなどなどで、一般人の中にまぎれているどころかみんな天狗の家来だったんじゃねえかと絶望する。

「ドクくん、起きて起きて！　狛犬と天狗の家来に挟まれて……げ、並んで波動拳《はどうけん》みたいなポーズしているぞ！　やめてやめて集中砲火やめて！」

「にゃあ？」

キャリーバッグの中に手を伸ばしてドクくんを掲げると、ようやく目を覚ましたのか黒い毛玉があくびをかく。それから「おっと、出番かいね」と言うようににやりと笑みを浮かべ、スーパーヒーローのごとくしゅたっと石段に降り立った。

「んな！」

「ここは俺に任せて先にいけってやつだね、なんとなく通じるよ！　でも」

途中まで言いかけたところで、天狗の家来たちが一斉に気の波動を飛ばす。

起きるのがちょっとばかり遅すぎたと思うんだよね、ドクくんは。

直後、視界が真っ白に染まり——ぼくはにゃんこといっしょに吹っ飛んだ。

◇

狭い地下牢《ちかろう》に、ぽつぽつと落ちる水滴の音が響いている。雨が降っているのだろう。

ぼくと同じように縄で縛られているドクくんを見ると、身体中にペタペタとお札が貼られていて、いかにも調子が悪そうにぐったりとしていた。霊力が封じられている化け猫は、ただの毛玉と変わらない。せめて話ができればと思うけど、お互いまだ生きているだけでも御の字か。

この地下牢で目を覚ましてから、いったいどれくらい経ったのか。

常に薄暗いせいで昼なのか夜なのかもわからないし、身動きが取れないうえに空気が悪いから横になって静かにしているほかない。おかげで時間の感覚がどんどんうすれていき、このままだと自分の意識が暗闇に溶けて消えてしまうのではないかと不安になる。

モニカの巻きぞえで不可思議な体験を何度か重ねてきたけど、身の危険を感じるようなことは今までになかった。しかしついにぼくの命運はつきたようで、本気で洒落《しゃれ》にならない状況に追い詰められている。天狗の家来たちの集中砲火で吹っ飛ばされたあげく、どこともしれぬ地下牢に閉じこめられてしまった。せっかく忘れかけていたのに石段にしたたか打ちつけられたときの記憶まで蘇ってきて、身体の節々がズキズキと痛みだす。

メトロノームみたいな生活に飽き飽きしていたとはいえ、ここまで極端なアレンジは頼んじゃいない。ハードコアなギターリフを刻んできた元凶であるモニカも、別の地下牢で同じように恐怖のただなかをさまよっているのだろうか。そう思うと助けてやらねばと思わなくもないが、より正直に今の心情を吐露するなら、むしろこちらが誰かに助けてもらいたいところだった。

ぼくの焦りと不安をさらに煽ろうと、ぽつぽつと落ちる雨音の間隔が短くなっていく。時折かすかにゴロゴロと低音が混じるので、雷雨に変わりつつあるのかもしれない。一段とじめじめしてきたせいで息苦しさも増し、ぼくは泣き声とも唸《うな》り声ともつかぬ声をあげながら寝返りを打つ。

すると地下牢には不似合いな金髪ツインテールの女の子と目があった。

彼女はアニメ風のふりふりした巫女《みこ》装束に身を包んでいて、

「——力が欲しいか」

と、これまたアニメみたいなセリフをささやきかけてくる。

恐怖が生みだした妄想にしたってベタすぎやしないか。

しかしぐったりしていたドクくんも女の子が立っているほうを見てビクッとしていたので、もしかしてこれ現実かと考えをあらためる。

「どこのどなたか存じあげませんが、ぼくらを助けてくれるんですか?」

「妾《わらわ》は、力が欲しいかと聞いておる」

「欲しいです欲しいです。この状況をどうにかできるだけの力を、ぼくにください」

するとと女の子はにやりと笑う。幼い顔立ちにしては妙に色気のある表情で、登場の仕方からしてモノノ怪のたぐいなのは間違いなさそうだ。

「ならば問おう。人の身でありながらなにゆえ、かの宴に挑まんとする」

「ええと……それは」

巻きこまれただけ。とっさにそう答えかけてから、慌てて口をつぐむ。

どんな思惑があってぼくらの前に現れたのかわからないけど、このモノノ怪は返答次第で力を貸してくれそうな雰囲気である。だったらもうちょっと真剣に考えるべきだろう。

「すぐに答えが出ぬのであれば、しかと聞くがよい。現世と幽世との繋がりは、今や風前《ふうぜん》の灯火《ともしび》のごとく弱まってきておる。いずれは完全に断絶され、人とモノノ怪は別々の世界を生きていくことになるであろう」

「それってつまり、モノノ怪たちがこの世界からいなくなっちゃうってことですか？」

「顕現する力を失おうとも、幽世の中で生きていくことはできる。だが多くはそのまま消えゆく道を選ぶであろう。モノノ怪とは超常であるがゆえに曖昧であり、祭りの喧騒《けんそう》のごとき儚《はかな》いもの。あの御方に見放され、この世からも必要とされておらぬのであれば、長き時を経てなお在り続ける意味はどこにある」

衰えているとは聞いていたものの、そんな切実な事情があるなんて知らなかった。

問い詰めるようにドクくんを見ると、お札を貼られてぐったりしている毛玉はふにゃんと鳴き声をあげる。弱みを隠していたのは、モニカだけじゃなかったってことかよ。

ぼくはしばし目を閉じて、自分がなぜ猫踊りのプロデュースに協力するのかをあらためて考えてみる。モニカを元の姿に戻すため、あいつの母親を安心させるため、曲の権利を得て億万長者になるため。あるいはバイト先の工場を人質に取られて仕方なく。

でも……本当にそれだけだろうか。

文豪の墓前で踊ってみせた猫の親玉、天照大神を祀る神社で話した稲荷様。そして今こうして話している、謎めいたモノノ怪の女の子。忘れられたくなくて、振り向いてもらいたくて、必要とされたくて——なのに届かないから、嘆いたり拗ねたり諦めたりしてきたものたちの寂しげな表情。

たぶんぼくはその姿に同情していて、共感していて、だからこそ、

「必要とされていないのなら、必要とされるやつになればいいだけじゃないですか。少なくともぼくとしちゃそのつもりでしてね。てなわけで今こうしてあなたを必要としている人間のために、力を貸してくれませんか」

「ぬはは！　言われてみればそのとおり！　汝《なんじ》もまた求められたがために、かの宴に挑まんとするのか。できるかどうかはわからぬが、せめてあがいてやろうという心意気で」

屈託なく笑う女の子に、力強くうなずいてみせる。

ぼくはずっと変わりたいと願っていて、変わろうとあがいている親玉たちの力になりたいと思ったから、そのためにできることをやっているのだ。

「では願いに応《こた》えよう。汝は今より妾の眷族《けんぞく》となりて、地を裂き天を舞う力を得る」

「やった！　ありがとうございます！」

「なんて嘘。昔はそういうサービスもできたのじゃが、あいにく衰えてしまってな」

「ちょっ……期待させるだけさせておいて」

「だから今できることはこれくらいよの」

女の子はそう言って、ドクくんに向けて手をかざす。するとぶわっと青白い炎があがり、身体に貼りつけてあったお札だけが灰に変わる。

霊力が戻ったところで、毛玉はぼふんと人間に変化する。彼はふうと息を吐き、

「よりにもよってあんたがなぜ、俺たちを助けてくれるんだ。天狗どの」

驚いて女の子を見る。

ただ者ではないとは思っていたが、まさか天狗の頭領その人だったとは。

古きモノノ怪である彼女はよっこらせとあぐらをかき、

「話せば長くなるが、汝らに頼みたいことがある。妾に代わり、天狗のナワバリに巣くう悪《あ》しき獣を成敗してほしい」

「待ってくださいぃ、ぼくらはモニカを助けにきたんですよ。あなたたちがさらったことはわかっているんですから、まずは彼女を解放してもらえないことには」

「それができたら苦労はせぬ。というのも」

家来を使ってぼくらを地下牢にぶちこんだはずの天狗の頭領が、なぜ今度はぼくらを助け、さらには頼みごとまでしてきたのか。

疑問は山積みのまま放置され、彼女はさらに謎めいた言葉を続けた。

「成敗してほしい悪しき獣というのが、ほかならぬモニカという毛玉だからじゃ」

第五話　モニホヤ音頭

1

モニカをさらったはずの天狗の頭領が、モニカを成敗してほしいと頼みこんでくる。わけがわからなくなったぼくとドクくんは、お互いに顔を見あわせる。

彼女の困窮した表情から察するに複雑な事情がありそうだけど、その混沌《こんとん》の中心で渦巻いているのは我が幼なじみである以上、ろくでもない話になるであろうことはわかりきっていた。ひとまずドクくんに縄を解いてもらい、身体が自由になったところで、

「最初から説明してください。話が長くなっても構わないので」

「うむ。妾は今よりずっと昔、マンマル様の手によって生みだされた。お忙しいあの御方に代わり地上での些末《さまつ》な問題を管理するべく、ほかの天狗の頭領や毛玉どもと同じように神使のお役目を授かったわけじゃ。はじめて異性を意識したのは十六のころ、お相手は今

風にたとえるならメンノンでモデルをやっていそうなクリーン系イケメン天狗で、当時は鴉《からす》や鳩《はと》を使った文通が主流だったから――」

「待ってください。そこまで遡《さかのぼ》らなくていいです」

「長生きしているだけにボケが進んでいるなあ。うちのボスもこういうところあるぞ」

と、ドクくんが愚痴をこぼす。常時この調子で相手をしなきゃならないのか。

ぼくは深くため息を吐き、会話を質問形式に切りかえる。

「モニカをさらったのはあなたですよね？　まずはその理由から話してください」

「ふん、言わねばわからぬのか。踊りに長《た》けておると言われる天狗の中でも、妾はとくに踊るのが上手い。だのにあの毛玉は伝統ある猫踊りを一新し、かつてない規模で催すという今度の宴に妾を招待しなかった。ナワバリがある群馬で開催するというのにじゃぞ」

「呼んでも来ねえと思ったんじゃねえかな。ボスは天狗連中と昔から折り合いが悪いし」

「どーしてもとお願いされたら、妾だけでも参加するつもりじゃったのに。ほかの頭領とのつきあいがあるゆえ表立っては言わなんだが、四百年も続けておるとは見あげた根性だと感服しておったし、マンマル様に会いたい気持ちは妾とて同じ。なのに声すらかけてもらえなかったからむかついた。ゆえにあの毛玉をさらって邪魔しようと思ったのだ」

天狗の頭領は頬をふくらませながらそう言ったあと、なにかを思いだしたのか唐突にしゅんとなる。ころころと表情が変わる様は子どものようで愛らしいが、かつては雷を落としたり地割れを引き起こしていた強大なモノノ怪だけに、油断しないほうがいいはずだ。

「ただ誤解しないでもらいたいのは、妾は決して無理やりに連れ去ったわけではなく、きちんと了承を取ってからナワバリに招いたということである。呪われてみすぼらしい毛玉となった、あの娘をな」

「モニカは家出中だったわけですからね……。あなたに誘われてノリノリでついていった、というのはなんとなく想像できます。手荒なことをされていないとわかって安心したというか、むしろ保護してくれてありがとうございますというか」

「ぬはは、そうじゃろうそうじゃろう。というわけで当初はお互いに友好的な関係であった。妾は猫の親玉に嫌がらせをしたい、モニカという小娘は仮の住まいが欲しい、というよりおぬしに嫌がらせ目的でおろおろとさせたいとな」

ぼくは顔をしかめる。現状をかえりみるに、モニカの目的はこれ以上ないかたちで達成されたわけだ。気の波動で吹っ飛ばしたうえに地下牢に閉じこめる以上の嫌がらせはそうなかろう。本当に迷惑ばかりかけやがるな、あいつ。

「怒っているというよりは拗ねている感じであったかの。プライドが高そうな娘であるから、無条件に甘えられるおぬしのような存在は貴重なのであろう。妾にはそういう相手がおらぬゆえ、愚痴を聞かされておる最中にも羨ましく感じたぞ」

「毎度べったり懐かれるほうとしてはたまったもんじゃないですけどね。ていうか、モニ力の愚痴を聞いてやるくらいには仲良くやっていたんですよね？　それがなんでまた成敗してくれなんてことになるわけですか。しかも相手はただの猫ちゃんで、あなたは妙義山に住む天狗の頭領。喧嘩《けんか》したにせよ勝負にならないような」

「悪しき獣と言ったろう。あやつはもはや、おぬしの知っている毛玉ではない」

「え、なんだか嫌な予感が」

「ひとことで説明するなら、酒を飲んでおかしくなっておる」

うわ、続きを聞くのがめちゃくちゃ怖いな。

隣を見れば、ドクくんは早くもげんなりとした表情を浮かべている。

「妙義の山深くにある妾の屋敷《やしき》にて、多くの家来とともにモニカを歓迎する宴を開いた。ふんだんな山の幸に艶《あで》やかな舞、そして数多の酒を餌《えさ》に彼女を籠絡《ろうらく》しようと考えたわけじゃ。プロデュース計画の要となる娘を手中に収め、猫踊りの宴を乗っ取ろうくらいのつもりでな。妾の目論見《もくろみ》は見事に成功し、こんなに贅沢できるなら一生ここで暮らしてもいいにゃあと言わしめるほどであった」

「そう言っている姿が絵に描いたように想像できるだけに、腹が立ってくるなあ」

「妾としても、そこまで気にいってもらえると悪い気はしない。思えばモノノ怪としての力が衰え浮世と距離を置くようになってから、毛玉と化しているとはいえ人間を招いたのはずいぶんと久方ぶりのことであった。ならばいっそ、最上級のもてなしをしてやろうと奮起し、普段であれば絶対に開けない秘蔵の霊酒を持ちだしてきたのじゃ」

「展開が読めてきましたよ。その霊酒が原因でモニカがおかしくなったわけですね」

「妾もだいぶ酔っていたからラベルを間違えてのう。昔ふざけて作った呪いの酒をあやつに提供してしまったのじゃ。そしたらびっくり、バッドトリップ」

天狗の親玉はそう言ったあと、自らの失態をごまかすようにカカカと笑う。

しかしぼくが無言のままじっと見つめると、ばつが悪そうに「すまぬ」と謝罪した。

「古今東西ありとあらゆる賢人才人の夢想を醸造して作られた霊酒、千夜一夜。妾が作ったのはそのパチモンで、ありとあらゆる俗物の自己顕示欲や承認欲求、童貞や乙女のこじらせた妄想などを醸造して作った——その名も痴夜呆夜《ちやほうや》よ」

「なんでまたそんなものを」

「ちなみに読んで字のごとく、ひとたび飲むと猛烈にチヤホヤされたくなる。酔えば酔うほど俗物と化してしょうもない欲に取り憑かれるというまこと恐ろしい酒じゃ」

「だからなんでまたそんなものを作ったんですか」

「なおタチが悪いことに、痴夜呆夜には強大だったころの妾の力が一部こめられておる。主にこじらせた妄想というかたちでな。ゆえに勝負を仕掛けてもまるで歯が立たなかったうえに、家来たちをも悪しき獣となったモニカに操られてしまったのじゃ」

「全部あんたの自業自得じゃねえか。天狗が聞いて呆れるぜ」

と、ドクくんが冷ややかなコメントを入れる。

ぼくとしても完全に同意なのだけど、それよりもまず聞かなくてはならないのは、

「元に戻す方法はあるんですか。まさかそのままの意味で成敗しろなんて話にはなりませんよね？　だったら絶対にお断りしますよ」

「安心せい、あやつの内に巣くう邪気さえ祓《はら》えばなんとかなる。今のモニカは自己顕示欲と承認欲求とこじらせた妄想に取り憑かれた、今風に言うならSNSとかによくいる厄介な手合と同じよ。東に人気ドラマで脚光を浴びたアイドルがいれば『演技が下手』とくさし、西に甲子園を沸かせた球児がいれば『プロでは通用しない』とあざ笑う。通販サイトでは人気ゲームやミュージシャンの新譜を長文レビューでこきおろし、あまつさえ映画や小説のネタバレまで書きこむようなゲスの極みモンスターと成り果てておるわけじゃ」

「聞けば聞くほどひでえ話だな。邪気を祓うといっても、天狗様でさえ歯が立たなかったやつに俺たちでどう立ち向かえっていうんだよ。力勝負じゃまず勝ちめがねえぞ」

「むろん、汝らは天狗でもなければ名のある陰陽師《おんみょうじ》でもない。しかし妾よりモニカのことを理解しておるであろう。重要なのは、負の循環からあやつ自身を解き放つことじゃ。我を忘れて酔えばこそいっときの欲に溺れ、深い酩酊《めいてい》の中で内なる邪気を増幅していく。酒に酔って暴れておるやつを正気に戻すには、己の醜態を自覚させればよい」

「モニカのやつ、変なところで繊細ですからね。天才モニカちゃんのイメージを崩さない

ようにセルフプロデュースしているというか、自分を取《と》り繕《つくろ》って大きく見せようとしている節があるというか。だから親とか実家の話をされたりするのをめちゃくちゃ嫌がるんですけど、そういう弱点をつけばあるいは？」

「わかってきたではないか。無意識に目を背けている恥ずかしいところや弱いところ、なんでもかんでもほじくり返してやれば、否応《いやおう》なく己の心と向きあうはめになる。すなわち自己啓発こそ、欲にまみれたあやつを祓う唯一の手段よ」

自己啓発ってそういう嫌がらせめいたものではなかった気がするけど、欲やら妄想やらをこじらせた相手に内省をうながすという作戦の趣旨そのものはなんとなく理解できた。必要なのは力ではなく知恵、とくにモニカにまつわる知識だろう。となれば幼なじみであるぼく以上に適した人材はおらず――結局のところ彼女が家出した時点でやらねばならないと感じたことを、より大がかりなかたちで遂行するだけなのかもしれない。

「んじゃいっちょ、根性を入れ直しにいくさね」

ドクくんがぼくの心を代弁し、再びぼふんと煙をあげて毛玉に戻る。

その身体は虎のごとく巨大化していて、さすがは化け猫、そういう変化の仕方もあったのかと感心する。デカにゃんこがあごをくいと引きあげ、芝生みたいな背中にぼくをぽんと乗せたところで、天狗の頭領が立ちあがって告げる。

「では参ろう。今いるところはナワバリの端っこ。汝らはまずこの地下牢を脱出し、妙義の山頂近くにある妾の屋敷を目指すことになる。さあ、主人ヅラして贅のかぎりをつくしておる悪の毛玉を成敗するのじゃ」

2

巨大化したドクくんが木組みの檻《おり》に噛みつくと、まるでかつお節で作られていたかのようにバキバキと音を立てて砕《くだ》け散《ち》った。

この地下牢には看守が数人いて、入り口のほうからたまに見回りに来るという。まずは彼らに気づかれないよう、足音を立てずにそっと進んでいく。

「天狗である妾が家来を引きつれ、妙義の山で暴れまわっていたのはウン百年も昔のこと。当時を知る古参どもは屋敷でモニカと酒盛りをしておる最中であろうし、道中を警備しておる家来どもは実戦経験の浅い若輩者ばかり。ゆえに」

会話の途中で、たいまつを持った人影が前方から近づいてきた。ぼくを背負ったドクくんがはっと身構えるのを感じたが、襲いかかる前に相手のほうがどさりと崩れおちる。

天狗の頭領が空中からひらりと降りてきて、地べたのたいまつを拾って満面の笑み。

「全盛期ほどの力がないとはいえ、一対一であれば容易に対処できる。さすがに殺すわけにもいかぬし昏倒《こんとう》させる手間も考えると、妾がまとめて相手をできる数は若輩の家来で二

十、古参どもで五人といったところか」
「ドクくんの力を借りればもうちょいイケそうですけど、基本は隠密《おんみつ》行動で各個撃破ですかね。見張りを逃がして屋敷の連中に報告されても厄介ですし」

「うむ。よってくれぐれも慎重な行動をって……ぶあっくしょいっ！」

言っているそばから盛大にくしゃみをしやがったぞ、この天狗。

前方からバタバタと慌ただしく迫る、無数のたいまつ。

ぼくがぺしっと頭を叩くと、彼女は金髪ツインテールをぴょこぴょこ揺らしながら、

「どうも最近な、花粉症っぽいねん」

「本当にモノノ怪なんですか？　そういう設定の地下アイドルとかじゃありません？」

ドクくんが呆れたように鼻を鳴らす。

……彼がにゃんこになって会話できないぶん、ツッコミの負担が倍になるわけか。

天狗の頭領はそのあとも何度かコントみたいなドジを踏み、そのたびに失態を帳消しにするように迫りくる家来たちをなぎ倒していった。巨大化したドクくんの活躍ぶりもなかなかで、ぼくを背中に乗せたまま、雨あがりのぬかるんだ山道をさっそうと駆け抜けていく。

ただ先に進むほど警備に見つかる回数や敵の人数が増えつつあることからして、うかうかしているとモニカのところにたどりつく前に追い詰められてしまうかもしれない。

頭領いわく地下牢に閉じこめられた時点でモノノ怪たちの領域――現世の狭間《はざま》にある幽世に足を踏みいれているという。だからか月明かりを浴びて浮かびあがる妙義山の景色は、以前に見たものとはだいぶ様相が異なっていた。

色とりどりのペンキをぶちまけたような虹色《にじいろ》の岩、春だというのに無数の彼岸花が真っ赤な絨毯《じゅうたん》を地面に編みあげ、かと思えば山を埋めつくさんばかりのしだれ桜が風になびいてゆらゆらと揺れている。そのうちに騒ぎを聞きつけたのか狼《おおかみ》や猿、ミミズクやムササビが木陰《こかげ》から飛びだしていく。

「家出した猫を追いかけていただけなのに、とんでもないところまで来ちゃったな」

「お前のようなものであれば、普通に生きているかぎりまずお目にかかれない光景であろうな。今のうちに目に焼きつけておくとよい」

いつの日か断絶し、ぼくら人間は目にすることさえ叶わなくなる幽世の山道。昼間に見た妙義山に勝《まさ》るとも劣《おと》らない幻想的な景色の先に、数えきれないほどのたいまつが真っ赤な点描を作りあげている。

ああ、これはまずいな。天狗の家来たちが徒党を組んで、こちらに押し寄せてきている。頭領がまとめて相手できる数は若輩で二十、古参で五だっけか。たいまつの数を見るかぎり三十はいるだろうし、規模的に古参が混じっている可能性も高いから、ほとんど絶望的な状況だ。ぼくは「どうするの？」と天狗の頭領を見る。彼女はにっと笑い、

「永劫《えいごう》のごとき時を生きてきたが、よもやこのセリフを口にする機会があるとはな」

「それってまさか……ぐえっ！」

いきなりドクくんの背中から振り落とされた。

見れば目つきの悪いデカにゃんこも、彼女と同じ表情を浮かべている。

あー、はいはい。

ここは俺に任せて先に行けってやつだな。聞かなくてもわかるっつの。

◇

「天狗の頭領とドクくんが囮になっているうちに、山頂にある屋敷に潜入してモニカをどうにかする、か。モノノ怪の世界だし山道は暗いし険しいしで無茶すぎるだろ……」

ぶつくさと文句を言ったところで、ぼくは今ひとりきり。

危険な隠密作戦を遂行するジェームズ・ボンドを慰めてくれるものはなく、メインテーマのかわりにギャーギャーホーホーという動物の鳴き声だけが周囲に響いている。

ドクくんにつけてもらった頬のまじないがモニカのいる方角に身体を引き寄せてくれるので、山の中で遭難する危険こそないが……崖《がけ》からうっかり足を踏み外したら死ぬわけだから、地下牢に閉じこめられていたときより状況が悪化している気がしないでもない。

しかし不条理すぎる展開の数々に感覚が麻痺《まひ》しているのか、いまだかつてない逆境を前にしても臆《おく》することなく進むことができた。なあに、家出したあいつを追いかけるのは人生の要所要所で何度かやってきたし、いつものように連れ戻せばいいだけじゃないか。

一度めは小学生のころ、あいつの母親が心臓の病気で死にかけたとき。今でこそ元気になったから忘れがちだけど、あのときのモニカはぼろぼろに泣きじゃくって大変だった。

二度目は中学生のころ、あいつ自身が文化祭でぶっ倒れたとき。ただの過労だったからよかったもののすぐに作業へ戻ろうとしたから、ぼくが本気でぶち切れたら逃げだしたのだっけ。あのときもぼろぼろに泣きじゃくられて大変だった。

三度目は高校生になってしばらくしたころ、ミュージシャンになるから家を出ると言いだしたとき。あいつの両親も反対していたし、ぼくだってせめて高校を卒業してからにしろと必死に説得した。あのときもぼろぼろに泣きじゃくられて、うんざりして「好きにしろ」と言ってしまったのだけど、まさか本当に羽ばたいていくとは。

思えばモニカは家族のことも学校のことも自分の夢についてもいつも全力で、だからこそたまにパンクもするのだけど――その姿が眩《まぶ》しくなかったと言えば嘘になる。彼女が持つ熱量に何度も敗北してきた身としては、勝てないにしたって勝てないなりに爪痕《つめあと》を刻んでやるというか、微々たる影響を与えてやらねばという意地だってあるわけだ。

できれば前向きな方向で。暴走する列車を制御するように。

絵にせよスポーツにせよ勉強にせよ音楽にせよ天才であるモニカはまさしく強敵だけど、人間的には未熟もいいところ。直情的だし気分屋だしで猫になる前から猫をやってきたようなお相手なだけに、手懐けるだけならぼくのほうに分があるはずだ。

異界の山道をさまよう時間は、覚悟を決めるにはちょうどよかったらしい。ほどよく前向きにも冷静にもなってきたところで、頰のまじないに引き寄せられた先に目的地が見えてきた。月明かりを浴びて浮かびあがる、絢爛豪華な天狗のお屋敷。というより城のごとき威容が数十メートル先にそそり立っている。

入り口付近はさぞかし警備が厳重だろうと覚悟していたものの、思いのほかあっさりと中に入ることができた。あまりにも無警戒なので最初は罠《わな》かと不安を覚えたが、酔っぱらってべろんべろんになっている古参らしき天狗たちを見て、単に普通の人間と家来の見分けがついていないだけだとわかって納得する。

もちろんたまに声をかけられるのだけど、

「おい、お前！　頭領と化け猫はまだ見つからんのか！」

「目下捜索中であります！　自分は途中でうんこしたくなって戻ってきました！」

「トイレ休憩は五分以内！　中でスマホをいじってサボるなよ！」

あとは背筋をぴっと伸ばして「了解です！」と敬礼すれば素通りできる。

なんじゃそりゃと思わなくもないが、妙義神社で捕まったときもドクくんの霊力を感知されたからである。化け猫といたからまとめて地下牢にぶちこまれただけで、そもそも天狗の家来たちは、ぼくのことなんてろくに認識していなかったのかもしれない。

とはいえ、このまますんなりとモニカのところまで行けると考えるのは早計だった。

彼女がいると思わしき座敷《ざしき》の前では半裸もしくは全裸の天狗たちがたむろしていて、ぼくがおそるおそる近づいていくと急に険しい顔になり、

「モニカ様のところへ顔を出すちゅおりかえ？」

「ええと、はい。至急ご報告せねばならぬことがありまして」

「ではまじゅ服を脱ぎぇ！」

なんで……？

と思う間もなく強引に、生まれたままの姿にされてしまう。意図が読めなくておろおろとしていると、古参の家来たちの中でもとくに貫禄《かんろく》のあるおじいちゃんが、

「モニカ様に会うときはチヤホヤする踊り、名付けてモニホヤ音頭を舞うという掟《おきて》がこのたび決定されたのである！」

そう言ったあとでヒヒッと笑い、おじいちゃん天狗は楽しそうに全裸で踊りはじめた。

つまりこれがモニホヤ音頭か。ひたすら意味がわからなくて怖いな。

◇

自己顕示欲と承認欲求とこじらせた妄想がマシマシになるというはた迷惑なお酒、痴夜呆夜。その力に呑まれてゲスの極みモンスターと化したモニカがどのような思考回路をたどったのかは今のところ謎めいているが——ともあれ彼女が古参の家来たちにモニホヤ音頭なるセクハラかつパワハラな号令を発した結果、潜入作戦を遂行中のぼくは羞恥《しゅうち》プレイめいた全裸ダンスを強要されるという理不尽な状況に追い詰められてしまった。

霊酒にこめられていたという天狗の頭領の力は催眠術的なこともできるのか、

「みんなやっているよ、怖くないよ」

「恥ずかしくないよ、いっしょに楽しくなりましょ」

と、古参の家来たちはケタケタと笑いながらノリノリで踊りまくっている。彼ら彼女らの動きはまったく統率されておらず、共通点があるとすればたまに、

「モニカ様は可愛いしすごい！　歌も上手いし踊るのも素敵！」

「モニカ様の匂いを嗅いでいるだけでキモチヨクなれる！」

とシャウトするくらいのもの。音頭というよりは完全にバッドトリップだ。

こんなばかな真似をしたら人生で最大の汚点になる。でも早くなんとかしなければ。ふ

たつの感情に挟まれて逡巡《しゅんじゅん》したあと、最終的に使命感のほうが勝り、

「ぼくもモニカ様をモフモフしたいにゃん！」

と泣き叫び、新たな扉を開けるがごとくヤケクソになって踊った。即興だったので恋ダンスやらU.S.A.やら思いつくまま有名曲の振りつけをパクりまくり、最後はきゅぴんとポーズを決めて指でハートマークを作る。……あの女、今回の件を片づけたらきっちり落とし前をつけさせてやる。

しかし開き直って恥を捨てたぶんの成果はあったのか、入り口にいた古参の家来たちはぼくのモニホヤ音頭を見てうなずき、なかなか骨のある若造じゃと謎のお墨付きまでいただいて座敷の奥まで進むことが許された。

というわけでいざ、地獄の第二層。彼女のところに行くまでの間もモニホヤ音頭を続けなくてはならなかったものの――このころになると今やっているふざけた芸が、生まれるべくして生まれたものだと理解できてくる。

なにせ原因の一端はぼくにある。

そもそもモニカが家出したきっかけは、かの宴をプロデュースするための新曲作りに行き詰まっていたから。スランプに苛《さいな》まれながらひねりだした未完成の音源は、お世辞にもよくできているとは言えなかったし、彼女とてそれは自覚しているようだった。

だとしても褒められたかったのだろう。努力だけでも認めてもらいたかったのだろう。

あのとき満たされなかった彼女の承認欲求は霊酒の影響で肥大化し、モニカ様をひたすら褒めちぎりながら踊りまくるという、猫踊りの醜悪なパロディとして発露したのである。

とまあそんなふうにメカニズムを解明したところで、全裸でふざけた宴会芸をさせられるという屈辱的な状況を打破できるわけもなく。苦々しい顔のまま前方に視線を移すと、混沌とした宴の中心で渦巻くにゃんこが見えてきた。

悪しき獣と化したと言われていただけに、なんとなくドクくんみたいに巨大化しているイメージを抱いていたけど、霊酒に呑まれたモニカは以前のまま。うす汚れたモップさながらの毛玉が、金糸の刺繍《ししゅう》が施された豪奢《ごうしゃ》な座布団に寝そべっている。

彼女は有閑マダムのように、というよりセレブに飼われているシャム猫のように、家来のひとりに団扇《うちわ》で扇《あお》がれてあくび顔。欲にまみれているわりにギラついているふうでもなく、ゆるみきってだだ漏れになっている思考が脳内ブルートゥースで流れこんでくる。

『あー、極楽極楽。こりゃ必死になって人間に戻る必要なんてないわ。寝てりゃメシ食えるし悩みもないし猫ちゃんって最高よね』

ぼくは唖然《あぜん》とした。モニカはしょーもない欲にまみれたあげく人間としてのプライドを完全に捨て、にゃんこであることの喜びを享受《きょうじゅ》してしまっている。

正気かよ、と思わなくもないが……同時に納得している自分もいてさらに驚く。

確かにこの世界において、飼い猫ほどチヤホヤされている存在もいなかろう。ぐーたらしているだけで可愛がられ、にゃんこ画像や動画は癒しを求める人々に大人気。自己顕示欲も承認欲求もこじらせた妄想でさえも、丸っこい毛玉になるだけで満たされる。

だというのになぜ、あえて人間に戻らなくてはならないのか。そう問われたらぼくだって、返答に窮してしまうかもしれない。

しかし、しかしである。お前が先に諦めてしまったら、ぼくの立場はどうなる。猫踊り用の曲にだめ出しをしたのだって、元の姿に戻るために協力すると約束したからだ。もちろん言いすぎたことは反省しているし、だからこそ夜勤明けの眠たい目をこすりながら妙義山にやってきた。気の波動で吹っ飛ばされ地下牢に閉じこめられ異界の山道をさまよい全裸で踊るはめになってもなお、ぼくは歯を食いしばりこの場に立っている。

すべてはお前がはじめたことなのだ、モニカよ。ならば人間としてプロとしてミュージシャンとして、お前は絶対に最後まで走りきらなければならない。

ぼくは決然とした面持ちで、堕落しきったにゃんこの前に立つ。

するとあちらも異様な気配に気づいたのか、バッと起きあがって全身の毛を逆立てる。

『なんであんたがこんなところにいるのよ、しかもそんな格好で』

「家出した猫を追いかけてきたに決まっているだろ。こんな格好までさせられてな」

ぼくと彼女は険しい顔のまま、見つめあう。

かれこれ五年ぶりの大喧嘩、その結末はいかに。

3

さきほどまでのゆるみきった姿はどこへやら。モニカはふーふーとうなり声をあげ、今にも襲いかかってきそうなほどに荒ぶっている。

突然の事態に周囲の家来たちも、彼女の世話や音頭をやめてざわついている。しかしぼくらの間に漂うただならぬ空気を感じてか、あえて割って入ってくるものはいなかった。

はてさて、どうしたものか。昔から動物とばかり戯れてきたぼくだけど、荒ぶるにゃんこを相手にした経験はまったくない。人間だったころのモニカとは長いつきあいなので何度か喧嘩はあるものの、拗ねるかふてくされるか八つ当たりされるかといった程度のもので、今のように険悪なムードに陥ったケースはなかったはずである。

それでも戦わなければ勝利はない。ぼくは汗ばんだ手を握り、覚悟を決める。

「ばかなことやってないでさっさと帰ろうぜ。作曲用の機材だって揃えてやったし、最初はうまくいかなくたって何度かチャレンジすりゃいいだけの話だろうに。なんなら帰りにご褒美でお高い缶詰を買ってやってもいいぞ」

『天才であり高貴なるにゃんこである今の私が、ものに釣られてホイホイついていくと思っているわけ？　まずは苦労して作っていた猫踊り用新曲の試作を、偉そうにだらだらとだめ出ししたことを謝りなさいな』

「努力を褒めてほしかっただろうに、モチベーションをさげることを言って悪かったと思っているよ。このとおり頭をさげるから、ぼくのことを許してくれないか」

『うん、私も拗ねちゃってごめんね……な・ん・て・言うと思いましたか？　残念でしたー許してあげませんーばーかばーか全裸うんこ童貞音痴』

「お、お前なあ」

普段の五割増しでむかつくな。確かにSNSにもよくいるわ、こういうやつ。

やはり痴夜呆夜のバッドトリップは、ただでさえ難があったモニカのメンタルをさらにあらぬ方向へねじ曲げてしまったらしい。下手に出れば舐められる。かといって上から言ったところで素直に聞いてくれるとは思えない。

となると天狗の頭領が言っていた例の攻略法、弱いところをついて内省をうながし正気に戻すという方向で話を進めるほかあるまいか。

「家出したお前を探して、実家の中華料理店にだって行ったぞ。猫になってからも様子だけは見にいっていたみたいだし、人間だったころはお袋さんにメールやらで連絡していたわけだろ。家族だってお前が失踪したとニュースで知って心配しているんだから、早く元の姿に戻って元気なところを見せてやれよ。この際、親父《おやじ》さんとも仲直りしてさ」

『げえ、最悪。あなたがやろうとしていることは余計なおせっかいって言うの。そりゃママは心臓が弱いから極力負担はかけないように近況報告はしていたし、呪われて猫になったせいで失踪扱いになっちゃったから、マスゴミがお店に迷惑をかけてないか見にいくらいはするわよ。でも私はね、ミュージシャンになるのを反対されたときのことをまだ許したつもりはないの。だってそうでしょ。結果を見ればこっちの主張が絶対的に正しかったわけだもん。一番に応援してもらいたかった人たちに裏切られた悔《くや》しさは、どれだけの時間が経ったとしても忘れることなんてできないのよ』

よほど当時のことを根に持っていたのか、モニカはすくっと立ちあがると『あんたのせいでまた怒りがぶり返してきちゃったじゃないの！』と叫びながら、寝そべっていた座布団を前足でバシバシ叩きはじめる。自己顕示欲と承認欲求に取り憑かれているがために、彼女はほとんどかんしゃくを起こして暴れている子どものようだった。

であれば、ぼくの役目は理解ある大人として優しく諭《さと》すこと。現状を見るにだいぶ旗色が悪いものの、ひとまず情に訴えて話を聞いてもらおうと、

「お前の言い分はわかる。でもモニカの両親だってあのとき、ミュージシャンになるなと反対したわけじゃなくて社会に出るのは早すぎると言っていたわけだろ。破天荒すぎた当時の素行を考えりゃ親が心配するのは無理ないし、プロになるにしたって高校に通いながらバンドやるとか、いやお前だから集団活動は無理にしても、せめて卒業してから――」

『んなこた前にもあんたから散々聞いたっつの！　夢を追いかけるためにちゃんとするっ

て言った！　チャンスをつかむためには若いうちからやったほうがいいとも言った！　でもパパはお前にゃ無理だって笑った！　ママだってあんまりわがまま言わないでねって苦笑いしただけ！　最初からふたりとも本気にしていなかった！　私が追いかけたい夢を、本気でやりたいって気持ちを笑っていただけ！　だから見返してやろうと思ったのよ。文句のつけようもない結果を出して、話を聞いてくれなかったあなたたちが間違っていたのだと、嫌というくらいに認めさせてやろうと決意したのよっ！』

猫の瞳にも涙は流れる。

知識としてはあったけど、実際に目にするのははじめてだった。

『もちろん私だって、ばかなこと言っているのはわかっていたわよ。でもまずは応援してほしかった。夢を否定しないでほしかった、それだけは裏切らないでほしかったの』

また無茶なことを言う。

当時のモニカが両親をどう説得しようとしたのか知らないし、実際にどんな反応を返されたのかもわからない。とくに頑固一徹という雰囲気の父親とは昔から相性が悪そうだったし、売り言葉に買い言葉で会話が相当にねじくれた可能性は高い。

ただひとつ確かな事実をあげるなら、モニカは不断の努力によって自らの正しさを証明したということだろう。ギター一本で勝負するのが正しいミュージシャンの在り方だと平成どころか昭和のスターばりに時代錯誤の志を抱え、前もって貯めていたおこづかいやお年玉を元手に年齢を偽り都内の飲食店にて住みこみで働き、やがて某有名レコード会社の新人発掘オーディションに合格してデビューする。

リアリティ皆無のサクセスストーリーを地でやってしまうのがこの幼なじみの恐ろしいところであり、絵空事みたいなプランで他人を説得できると考えているところが実に厄介である。誰も彼もが、運命の女神の実在を信じているはずもないだろうに。

「それでも、家族だって最後は認めてくれたじゃないか。当時はまだ未成年だったお前がデビューすることを許可してくれたのは親父さんだったはずだし、今じゃ雑誌のインタビューにも答えていたりするし、お店にだってライブのＤＶＤが飾ってあるし」

『手のひらを返したようにね』

「あのなあ……。些細《ささい》なすれ違いだったのかもしれないし、だとしても水に流せないくらいひどいことを言われたのかもしれない。そのうえで顔も見たくないって言うなら、ぼくだってわざわざこんな話はしないよ。でも今のお前を見るかぎり、めちゃくちゃ気にしているだろ。猫になったままこっそり様子を見るくらいならさ、いっそ早いとこ人間に戻って、面と向かって文句を言いにいくほうがよっぽどお前らしいぞ」

今度のモニカは即座に憎まれ口を叩かず、むっつりと黙りこむ。

彼女の心の柔らかいところに届いた感触こそあったものの、だからといって正気に戻ったふうでもない。むしろより意固地になったかのように、恨めしげな視線を向けている。

痴夜呆夜のバッドトリップは、心の奥底に眠るネガティブな感情をも増長させているのだろうか。目を背けていた問題に向きあおうとしないばかりか、当時の『認めてくれなかった』という悪いイメージを、どんどん肥大化させてしまっているようにも見える。

ことさらに厄介なのは、自己顕示欲とか承認欲求と呼ばれるものに終わりがないことだろう。誰かに認められたい、褒められたい——そういった感情は野心や向上心にも結びつくし、モニカだって家族に対するどす黒い怨念《おんねん》というか反骨精神が、ミュージシャンとして大成するまでの原動力のひとつであったことは間違いなさそうだ。

しかしグラミー賞を取るようなミュージシャンだってアンチはつくし、ビートルズやマイケル・ジャクソンでさえ、すべての人類に手放しで称賛されているわけではない。

認めてくれる人を探してエゴサーチするくらいならまだいいけど、認めてくれない人を探していっちょ論破してやろうなんて考えはじめると、底なしのブラックホールに吞みこまれてしまうのが関の山だ。今のモニカが霊酒の作用でその手のこじらせスパイラルに放りこまれているのだとしたら、天狗の頭領が言っていたような弱みをついて内省をうながす作戦は、むしろより闇の深いところに押しこめるかたちになり、逆効果かもしれない。

では、どうするべきか。あれこれと考えた末、彼女に告げる。

「当時のことを話したついでに言っておくけど、ぼくは最初から信じていたからな。さすがにあんなに早く成功するとまでは予想できなかったとはいえ、お前が本気でやるというのならミュージシャンにだろうがなんだろうが、どうせなれるだろうとは思っていたよ」

『知っている。だから勇気をもらえた。あなただけはばかにしなかったから、本気で信じて疑っていなかったから、私もきっと大丈夫って足を踏みだせたの』

と、思いがけず感謝の言葉が返ってくる。

今度のモニカは態度が柔らかく、機嫌がいいときとそう変わりない雰囲気だ。

やはりネガティブにはポジティブ。

認めてくれないことでいじけているなら、満足するまで認めてやればいい。

しかし正攻法とも言えるこのやり方にも問題点があり、

『だけど応援してはくれなかったわよね。ライブのチケットだっていつも送っていたはずなのに、一度だって来てくれたことがなかったじゃない』

「うっ……」

『なんで？　幼なじみなのに』

困ったことに、あっさりと窮地に追い詰められてしまった。

ぼくはモニカがミュージシャンになると信じていたけど——それは何度も敗北してきただけに彼女の才能を誰よりも恐れていたからで、言うなれば降伏宣言に近いものだった。

当然ながらポジティブというよりはネガティブな感情であり、呆れるほど成功してしまった今でさえ、彼女を応援するとか曲を褒めるといった行動とは無縁のままである。

『なんで？　信じてくれたのに、応援するかどうかはまた別ってこと？』

ナイフのような瞳のにゃんこが、静かに語りかけてくる。ぎゃーぎゃーとわめきちらしていたときより、よっぽど怖い。

彼女の問いに正直に返すなら、ずばりイエスだろう。

しかしなぜ応援しないかについては、絶対に答えたくはなかった。

ぼくはパニックに陥った。

意趣返しのつもりなのかなんなのか、なぜかこちらが弱みをつかれ、目を背けていたものと向きあわされている。ただでさえ全裸で羞恥プレイさながらの有様なのに、そのうえさらに身ぐるみを剝がそうだなんて鬼畜にもほどがある。もはや全身の毛どころか、人間としての尊厳までむしり取られてしまいかねないじゃないか。

やめろ、言えるか。言えるわけがない。


――寂しかったからだなんて。


「理由は簡単、お前の曲が好みじゃないからだよ。ぼくはどちらかというと洋楽のほうが性に合うし、同じ歌姫枠のミュージシャンならビリー・アイリッシュだけで充分だろ」

『なんですって⁉』

「そもそもの話、家族にせよ幼なじみにせよ、無条件で応援してもらえると考えるほうがおかしい。たとえ世界中の人間がお前の曲を褒《ほ》め称《たた》えたとしても、なにがいいのかわからなければライブになんて行かないし、お前がそんな甘えた根性でミュージシャンをやっているなら、なおさら聴くつもりにはならないね。音楽にかぎらず芸術ってそういうものだろ。すべてがフェアで、だからこそ厳しい世界なんだ」

ちくしょう。この後におよんで、しょーもない意地を張ってしまった。

実のところ一度だけ、ネット配信で見たことがある。

ステージに立つモニカの姿を。

遠くに行きやがった、離れていきやがった。あんなのはもう、ぼくの幼なじみじゃない。誰かにとっての、みんなにとっての、輝けるスターだ。

みじめだった、悔しかった。寂しかったし、妬ましかった。

そうさ。ぼくは霊酒がなくともモニカに対して嫉妬《しっと》や羨望《せんぼう》をこじらせていて、呪われたわけでもないのに使い古した化けの皮をかぶり続けている。真《しん》に救いがたいのは凡人であるぼくにほかならず、ある意味では彼女以上に厄介なブラックホールを抱えている。

『いいわ、こうなったら無理やりに認めさせてやるから！　ほら天狗の家来ども、あいつをギッタギタのぐっちょぐちょにしてやりなさい！　なにがなんでもモニカ様大好きにゃんと言わせちゃる！』

「ばか野郎、なんでもかんでも自分の思いどおりになると思うなよ。認めてもらいたかったら努力しろ。スランプだからって逃げるんじゃねえ、家出するなんて論外だ。そうやっていじけているうちはうす汚いモップのまま、それで満足なら好きにしろや」

家出した幼なじみを連れ戻すためにはるばるこんなところまで来たというのに、本来の目的さえそっちのけで不満をぶちまけている。

笑いたければ笑うがいい。悪魔に魂を売ったとしても、天狗の家来どもにギッタギタのぐっちょぐちょにされたとしても、譲れない最後の一線というものはある。

とはいえこの場をどうにか収めなくては、結局はモニカ様大好きにゃんと言わされる。古参の家来が相手ならともかく、彼女の前でそんなことを口にしたら最後、ぼくは大量の血を吐いて死んでしまう。

なにかしなければ、なんとかしなければ。

ぼくは考えた末に、大きな声で歌いはじめる。

『な、なに……?』

モニカがぽかんとしている。一心不乱に歌い続けるぼくを見て。

音楽的センスは皆無だしリズムもろくに取れないから、本来あるべきメロディから大幅に脱線している。そのうえ歌詞は知性のかけらさえなく思春期の乙女の甘酸っぱい気持ちを語っていて、全裸の男が口ずさむとなかなかに凄惨《せいさん》な代物となる。

ねえ早く　追いかけて
暗がりの中で私　待っているから
ねえ早く　抱きしめて
強がってばかりのあなた　待っているから

ぼくはこの曲が大嫌いだ。

タイトルは〈レクイエム〉——甘酸っぱい歌詞とは裏腹に、モニカは感傷との決別を歌っている。追いかけてこない相手を待つのはやめて、羽ばたいていこうとする少女の歌。

この曲を聴いていると責められている気がして、遠くに行ってしまう幼なじみを見ていられなくて、自分のことを歌っているわけじゃない、自意識過剰もいい加減にしろと思いながらも、ぼくはずっと耳を塞《ふさ》いできたのだ。

ああでも、すでに答えは出てしまっている。霊酒に呑まれて本音をぶちまけてきやがったせいで、こちらの逃げ道まで封じられてしまっている。

モニカは誰よりもまず、ぼくに認めてもらいたがっていたのだ。だからしょーもないだめ出しごときでああも傷ついたのだし、承認欲求をこじらせまくって荒ぶる獣と化したわけだし、デビューする前から今にいたるまでずっと、あの手この手で欲しいものを手に入れようとしてきたのだろう。

時にはえらく遠回しな方法で。

認めよう。ぼくだってアラームの音にするくらいには未練があった。

『ちょっ……まさかそれ、私の歌なわけ⁉　音程もリズムもめちゃくちゃで、ほとんど原形がないじゃない！』

めちゃくちゃ迷惑そうに言われたから、調子に乗って歌い続ける。せっかくだからさらに冒瀆《ぼうとく》してやろうと、全裸のまま踊りだしてモニホヤ音頭の要素も取り入れる。

ぼくはずっと前からお前のことを認めていたし、羨ましいとさえ感じていた。心の内に抱えている敗北感だって、お前に勝ちたいからってわけじゃない。お前のようになれないことが悔しくて、お前の背中を追いかけるのを諦めてしまった自分が情けなくて、ずっとずっと見苦しい言い訳ばかりを重ねてきただけなのだ。

素直になれたら早かろう。意地を張らなければ楽だろう。

しかしそれができないのが幼なじみというものである。

だからぼくは今こうやって、照れ隠しをするためにそれ以上の恥を上塗りしている。

歌や踊りは、言葉でうまく伝えられない思いを表現するための手段でもあるのだから。

伝わらなければいいと思った。

伝わるわけがないと思った。

だけどモニカはケラケラと笑いだし、ふざけた音頭を続けるぼくを見てこう言った。

『やっぱりあなた、私の曲めちゃくちゃ好きでしょ』

この時点で彼女は霊酒の呪縛《じゅばく》から解き放たれていたように見えたけど、あまりにも愉快そうに笑っているから途中でやめられなくなってくる。そのうちに古参の家来たちまで同じことをやりはじめたので、モニカ様をチヤホヤする踊りとしての一体感が出てしまう。

結局、追手を振りきった天狗の頭領とドクくんが屋敷に突撃してくるまで——かれこれ三時間以上、ぼくらはそのまま踊り続けるはめになった。

言葉にしなくても伝わることがある。

しかし大抵の場合、伝わってほしくないときにかぎって伝わってしまうものである。

◇

「酔っている相手の前で見るに耐えない姿を晒《さら》してやれば、はたと冷静になって我に返ってしまう。醜態をもって醜態を制すとは、よく考えたものじゃな」

「ある意味じゃ猫踊りの再現でもあるさね。お姫様の気を引くために、楽しそうに歌って踊ってみせたわけだから」

乱痴気騒ぎがようやく幕を引き、惨憺《さんたん》たる宴の名残《なごり》だけを残した座敷にて。ことの顛末《てんまつ》を話したところ、天狗の頭領と人の姿になったドクくんは納得したようにうなずいた。

ぼくとしては本音をウヤムヤにするために歌って踊ってごまかそうとしただけだし、そもそも全裸音頭の号令を最初にかましたのは霊酒に呑まれていたモニカである。だからこのような混沌とした手段での解決は、運命の歯車があらぬほうへ転がった結果でしかないはずだ。

ともあれ今回の件で台風の目のごとく中心で渦巻いていたにゃんこ様は、酒をあおるだけあおったあげく眠たくなってきたのか、今は軟体生物のようにぐんにょりとしている。

『動画を撮ってくれていた天狗の家来はいないのかしら ね、あなたの求愛ダンス』

「変な呼び名をつけるな。ぼくがやったのはお前の醜態をあざ笑うための風刺みたいな踊りだ。天狗の頭領だってそう言っていただろ」

『あー、はいはい。ところでお腹《なか》すいてきちゃった。ご褒美で帰りにお高い缶詰を買ってくれるとか言っていたような』

「しっかり覚えているんじゃねえよ。つかお前、まったく反省してねえのな」

するとモニカはにゃあと鳴き、ごまかすようにあくびをする。

まあ、いいか。帰りにセキチューで缶詰を買ってやろう。それでご機嫌が取れるなら、ふざけた音頭を披露するよかよっぽど楽である。

といっても溜めこんでいたストレスやミュージシャンとしてのスランプだって、霊酒のバッドトリップといっしょに吹き飛ばしてしまっているのかもしれない。見れば気持ちよさそうにいびきをかきはじめているし、この様子ならもはや心配はいらなそうだ。

天狗の頭領とドクくんにニヤニヤとした笑顔を向けられながら、ぼくはうす汚い毛玉をそっと抱えあげる。

こんな姿でも可愛げがあるのだから、猫というのは本当にずるい。

第六話　テーマは愛

1

　家出したにゃんこを追いかけたあげく、天狗の屋敷で乱痴気騒ぎを繰り広げるという不条理きわまりない事件もどうにか幕を引き、つかのまながら平穏な生活が戻ってきた。

　たかだか一日の出来事ながら、万華鏡のごときめまぐるしい冒険を経験したあとでは、メトロノームのような退屈な日常も悪くないかなと思えてしまう。

　……なんて感慨に耽《ふけ》るのは、ウカツにもほどがある。

　ぼくがいつものように工場の事務所へ顔を出すと、休憩用のソファに大量の毛玉が寝そべっていた。そう、バイト先が化け猫に占拠されている状況はなんら変わっちゃいないし、宴の開催地にするという理由からして、迷惑レベル的にこちらのほうがよっぽど深刻だ。

動揺のあまり震える手でタイムカードを切ると、人間の姿に変化したドクくんが直属の上司みたいな態度で近寄ってきて、

「おっと、ぎりぎり定時出勤てところだな。天狗の頭領がほかの天狗衆に声をかけてくれたらしいし、宴の規模が想定していた以上にでかくなりそうだ。そのぶん準備も大変になるから、明日からもうちっと早く来てくれや」

「宴の準備？　ぼくの仕事は商品の仕分けだけど」

「しらばっくれるなよ実行委員。うちのボスはまだ勧誘に忙しくて群馬に顔を出せないからな。その間にお前さんにゃ工場にやってくるモノノ怪どもの面倒を見たり、俺といっしょに宴を催す際のあれやこれやを手伝ってもらう」

「だけど今の時期は忙しいし人手が……」

「その辺は抜かりねえ。通常業務から外れるお前の穴を埋めるべく、新たなメンバーを連れてきた。ヌメンギッチョくんとパパパルミンぺぺポくんだ！」

「フンガー！」「ズモーッ！」

事務所の脇にある男性用更衣室から、プロレスラー並みにガタイのいい巨漢コンビがぬっと出てきたので、ぼくは危うく悲鳴をあげそうになった。

見たところ身長は二メートル、体重は百二十キロを超えているはずだ。しかしそれ以上に異様なのは、ふたりとも全裸かつコンビニのレジ袋を頭にかぶっていることである。

「なぜ……」

「こいつら変化が苦手でよ、顔だけモノノ怪のまんまなんだわ。ヌメンギッチョくんはキジムナー、パパパルミンペペポくんは海入道の仲間で、社会勉強のために人間の社会でバイトしたいというから連れてきた。たぶん真面目に働いてくれるさね」

フロム・ソフトウェアのゲームに出てきそうなモノノ怪コンビから親愛のハグを受け、ぼくは引きつった笑みを浮かべる。なんらかの術が作用しているのかほかの従業員は普通に受け入れているけど、正気な身からするとハラハラしすぎて胃に穴が開きそうだ。

しかしドクくんはまだこのストレステストを続けるつもりらしく、

「さて、俺たちはこれから最寄りの川に向かうぞ。ボスの志に賛同して東北の河童《かっぱ》連中が一族揃って宴に参加するらしくてよ。開催されるまでの間も群馬に滞在したいっつうから、俺とお前さんでナワバリにできそうな場所を見つけてやらなきゃならん」

「河童？　一族って……どのくらい？」

「よく知らねえけど十匹かそこらくらいじゃねえか。まあなんとかなるだろ」

憂鬱《ゆううつ》になりながらもぼくはドクくんといっしょに近くの広瀬川まで足を運び、月明かりを浴びて輝く水面をゆらりと泳いできた河童の集団を出迎えることになった。

その数なんと百匹以上。さすがのドクくんも隣で乾いた笑いを浮かべている。

どうするんだよ、これ。無責任にモノノ怪をホイホイ連れてきやがって。

◇

『いよいよ魑魅魍魎が跋扈《ばっこ》してきちゃったわね』

「他人事《ひとごと》みたいに言っているけど、お前だって今はあいつらのお仲間だからな」

ぼくがそう言うと、モップのオバケは腹を抱えてケタケタと笑う。ほとんど痙攣《けいれん》しているような有様だし、なんでこんな妙ちくりんなにゃんこを飼っているのだろうか。

『で、最終的にどうしたわけ？　河童の大群』

「広瀬川からモノノ怪の領域——幽世に入って乙姫《おとひめ》様のところで面倒を見てもらうことになった。知っているか、群馬の川って竜宮まで繋がっているんだぜ。海なし県なのに」

『なにそれ。まったく意味がわかんないわ』

彼女のコメントについては概《おおむ》ね同意するしかない。しかしぼくは時給千円夜勤手当ありのバイトとして、つい先ほどまでそんなわけのわからん冒険をしてきたあとなのだ。

「こんな生活を続けていたら頭がおかしくなってしまう……。本気で早いところお前を元の姿に戻して、モノノ怪界隈とのかかわりを断ちきらなくちゃならん」

そう言ったあとで、ようやく部屋の風景になじんできたピカピカのパソコンに視線を向ける。ぼくがなにを言わんとしているのか、モニカも気づいたらしい。

『猫踊り用の新曲についてだけど、私はアプローチの仕方からしてずれていたのかもしれない。だから根本的なところから見直そうと思っているの』

「新境地を開拓するって話だった気がするけど、なにをどう変えるんだ？」

『そもそも音楽って、なんのためにあるのかしら』

質問に質問を返されたので、ぼくは眉間《みけん》にしわを寄せてしまう。しかしモニカが珍しく真剣な声でたずねてきているから、こちらも真面目に考えることにして、

「生きるうえで必要かと問われたら、否と答えるのが正しいのかもしれないな。でも個人的な意見を述べるなら、やっぱりあってほしいよ。だって芸術とか娯楽とかそういう楽しみがなくなったら、今度は生きていく理由のほうがなくなっちゃうじゃないか」

かつては受験勉強のとき、今だと残業まみれになって疲れきっているとき、数多のミュージシャンはぼくに力をくれた。そういった心の養分がなければ現実はあまりに過酷すぎるし、とてもじゃないが正気を保《たも》ってはいられないように思える。

『生きる楽しみ、ね。音を楽しむと書いて音楽というくらいだもの。まず楽しむものとしてあるべきなのは間違いないかも。ただしそれは、あくまで聴く側《がわ》の話』

その言葉を聞いて、ぼくはきょとんとしてしまう。

じゃあなにか、モニカは曲を作っていて楽しくないというのか。

「ずいぶんと贅沢な話だな。お前くらい自由に曲を作れたら、ぼくだったらめちゃくちゃ

楽しむし絶対にキモチイイと思うはずだけど」

『そりゃ趣味でやっているうちはいいわよ。でもプロとしての立場やらイメージやら理想やら、大人の事情がついてまわるとおかしくなっていくの。事実、私は楽しくなかった。大ヒットした〈レクイエム〉を超える曲が作れなくて、スランプに苦しんでいたときから』

ランキングを席巻《せっけん》するような人気ミュージシャンになったことはないから、モニカが抱えている鬱屈《うっくつ》を、完全に理解できているとは思えない。

しかしガラスの靴を履いて王子様と結ばれようとも、庶民の娘が貴族社会で生きていくのはつらかろう。夢を叶えた先にあるのはハッピーエンドではなく、さらなる高難易度のステージだ。おとぎ話を鵜《う》呑《の》みにできないくらい大人になったぼくは、幸福とは得ること以上に持続させることが難しいのだと、経験則として知っている。

『それとも人気を得ようと躍起になるあまり、つまりは音楽を楽しむことを忘れてしまったせいで、私はスランプに陥ってしまったのかな。評価されたい、最高傑作を作りたい、武道館をファンで埋めつくしたい。もちろんデビューする前もしたばかりのころも、両親を見返したいとかスターになりたいとかそういう気持ちはあったけど、でもそれだけじゃなかった。もっと純粋に音楽と向きあっていたはずなのに』

「今はどうなんだよ。猫踊り用の新曲を、楽しく作れちゃいないのか」

『いい機会かなとは思ったわね。猫になっちゃうなんて災難にもほどがあるけど、だったらだったで心機一転。元の姿に戻るために最高の曲を作って――これは運命の神様、それともマンマル様かしら、が与えてくれた試練のように感じられたもの』

「実にお前らしいポジティブシンキングだな。ぼくとしても逆境にあったほうが燃えるんじゃないかと思っていたよ。拗ねて逃げだすのは計算外だったけど」

『それについては反省しているってば。曲作りがうまくいかないのは当然よね。自信はすっからかんだし、なのにすごいものにしなくちゃって気負いだけはあってさ』

モニカはそこで言葉を区切って、ぼくの顔をじっと見つめてくる。

いつもと違うなにやら意味深な視線に、ひたすら戸惑ってしまう。

『私たちはなんのために、音楽を奏でるのかしら』

根本的な問い、再び。

ただし今度は作曲家あるいは演奏家として、音楽に触れる場合の話だろう。

モニカの影響というか対抗心もあってか、ぼくだってミュージシャンという職業に憧れはある。だけどそれだけでプロになれるとは思えないし、どちらかというと聴いて楽しむ好きのほうが強いから、やはり趣味程度にしておくのが正しい選択ではあるはずだ。

ぼくはしばしば思考をめぐらせ、床に転がったままになっていた電子キーボードをたぐり寄せる。片手間にはじめてはみたものの一向に上達しないし、バイトやら猫踊り関連のイベントやらが忙しくて練習の時間は取れないしで放置気味になっていたから、話のついでにちょいと触ってみようという気分になったのだ。

「うわ、ちょっと間が空いただけなのにまた弾けなくなっているな。才能がないのはわかっていたけど、下手くそすぎて我ながら気分が落ちこんでくるぞ……」

『だったらせめて楽しんでみなさいよ。さっき話していたとおりに』

横から毛玉のお説教。とはいえ彼女の言うとおり、練習も経験も才能もミジンコ並みに足りていないのだから、上手にできなくて当たり前。

だからせめて楽しんで。

聴衆はひとり、いや一匹。ならこの毛玉にぴったりのリサイタルを開いてやればいい。

タタン、タタンと鍵盤を弾いていくと、ぼくの指先はリズミカルなメロディを奏ではじめる。しかしそれは上手に弾けたところで誰からも褒められない、うっかりすると小学生にさえ、レベルが低いと失笑されかねないものだった。

それでもぼくは得意げに笑う。モニカは呆れたように言った。

『猫踏んじゃったね。今の私に向かってその曲を弾くところが実にあなたらしいわ』

「どういたしまして。ぼくが一番楽しいのはお前に嫌がらせしているときだからな」

モニカはケタケタと笑った。

踏まれて喜ぶ猫なんて、彼女くらいのものだろう。

ところが次の瞬間ぴょんと飛び起きて、

『あははは！　まさか素人のあなたのほうが、正解を言い当ててくるとはね！　でもありがと、おかげで気づくことができたわ。私に足りなかったのは心構えだったのよ』

「ぼくみたいな心構えって、嫌がらせが？」

猫踊りの目的は、モノノ怪の飼い主たるマンマル様に振り向いてもらうため。

なのに嫌がらせ用の曲を作るとか、さすがにパンクすぎるだろ。

「いやでも、ケンカを売って気を引くというのも手か……」

『そういうこと言っているんじゃないわよ、ばか。じゃあ聞くけどあなたは猫踏んじゃったを弾いているとき、誰に嫌がらせしようと考えていた？　もっとわかりやすく表現してあげるなら、誰のために演奏していたわけ』

考えるまでもない。モニカだ。ぼくは彼女のために曲を弾いていた。

嫌がらせ目的だろうとなんだろうと、彼女の反応が見たくて、思いついたばかりの皮肉を伝えたくて、そう思って猫踏んじゃったを弾いていた。

ああ、そうか。つまりはそれが答えなのだ。

『私はマンマル様のために、あるいは親玉の願いを伝えるために、猫踊り用の新曲を作っていたわけじゃない。あくまで自分が元の姿に戻るため、目的を果たす手段として打ちこんでいたの。……でも音楽って聴いてくれる人がいるからこそ、成り立つものでしょ。そこがすっぽり抜け落ちていたら、ただの自己満足で終わってしまう』

ぼくは考える。家出をする直前に聴いたモニカの試作は、フレーズ単位では悪くなかったものの全体的にとっちらかりすぎていた。あのときはスランプゆえに自信のなさが出てしまったのかなと思ったけど、実はそれだけじゃなかったとしたら。

誰のために曲を作っているのか、という心構え——いわばもうひとつの『本質』が抜け落ちていたせいで、散漫とした仕上がりになっていたのかもしれない。

『だからアプローチの仕方を変えてみようと思って。私はマンマル様のことをなにも知らない、猫踊りを四百年も続けていた親玉の気持ちだって理解できているわけじゃない』

「上から目線でディスりまくっていたくらいだからな」

『リスペクトがなかったらうまくいくわけないのにね。プロデュースなんて』

「音楽は誰かに届けるもの。その相手が決まっているなら、まずは知るところからはじめないといけない、か。まわり道になってしまうかもしれないけど、お前が正しいと思うならぼくだって協力するよ。なんていうか、ものを作るうえでの基本って感じもするし」

『じゃあ決まりね。私は作曲をしながら、マンマル様のことや猫の親玉のことをもっと理解できないか試してみる。てことで明日、あなたのバイト先にお邪魔するからよろしく』

「は？　ばか言うなよ。なんでそうなるんだよ」

『だって、モノノ怪に話を聞くのが一番でしょ』

困ったことに、そう言われると反論できない。

つまり明日から、にゃんこ同伴で出勤しなくちゃいけないわけか。

めちゃくちゃ気が重い話だなそれは。

◇

猫用のキャリーバッグを背負って夜勤に向かう。

平時であれば衛生管理的にお叱《しか》りを受けそうだが、バイト先である工場は今にゃんこに占拠されている真っ最中。モニカを連れてきたところで誰も気にしないはずだ。

しかし事務所に顔を出すと、化け猫たちの姿がどこにもない。昨日から参入したヌメンギッチョくんとパパパルミンぺぺポくんの名札はホワイトボードに貼ってあるものの、責任者であるはずのドクくんすらいない。

戸惑いながら彼を探していると、なぜかバニーガールの格好をした金髪ツインテールの少女が更衣室からぬっと顔を出し、ぼくを見るなりにやりと笑みを浮かべる。

「このたび猫踊りのプロデュースにあたって、ダンスの振りつけアドバイザーとして協力することになった。天狗の中でもとくに踊るのが上手い妾が手を貸すのじゃ、中途半端《ちゅうとはんぱ》な曲を作ったら承知せんぞお前ら」

「誰かと思ったら……あなたまで人里に降りてきたわけですか、頭領」

「うむ、だからファッションにも気合を入れてきた。カワイイじゃろ」

ぼくはノーコメントを貫《つらぬ》き、タイムカードを切ったあとでモニカをバッグから出してやる。頭領が休憩用のソファを指したのでひとまず向かいあって座り、

「さっきから探しているんですけど、ドクくんや化け猫たちはどこにいますか？」

「親玉のところに行くとか言って、ついさっき出かけていったぞ。今は出雲《いずも》のあたりにいるようだから、数日は帰ってこんであろ。ゆえにその間は妾が代理の責任者かの」

「困ったな。わざわざモニカを工場に連れてきたのに化け猫たちがいないんじゃマンマル様のことを聞けないじゃないか。なんなら親玉にまた会って宴の具体的なスケジュールとかもたずねておこうかと考えていたくらいなのに」

天狗の頭領が見つめてきたので、昨日モニカと話したことを説明してみる。

するとと彼女は「ふむ」と考えこむような仕草をしてから、

「親玉についてはだいぶ忙しいようだし、最近はボケてきておるからのう。話を聞きたいだけなら別のやつにしたほうがいいやもしれん。妾は論外として古きモノノ怪で頼りになりそうなやつ、稲荷はいまいち信用ならんし鞍馬の天狗はさすがに遠いし……ちょっと待っておれ。近隣の昔なじみに紹介状を書いてやるわ」

「ありがとうございます。じゃあそちらに足を運んで聞いてみますね」

「礼にはおよばん。つか取材ついでに勧誘もしてきてほしいのよな。親玉にチラシ配りを頼まれたのだがぶっちゃけめんどいし、たぶんお前らのほうが適任やろ」

『ねえ。もしかしなくても私たち、パシリに使われてない？』

モニカの冷静なツッコミに無言でうなずく。

頭領が書いてくれた紹介状と勧誘用のチラシの束《たば》はそれなりにボリュームがあり、手当たり次第にあたっていくとなると骨が折れそうだ。

紹介状に頭領の霊力をこめてもらったので、その案内に従えば迷うことはないらしいが……ぼくとしては三夜連続のストレンジャー・シングスが確定したわけで、ただただ億劫《おっくう》な気持ちでいっぱいだった。

2

数日にわたってモニカと繰り広げた冒険の数々は、それだけでアーサー王伝説ばりの叙事詩にできそうなくらい波乱に満ちたものだった。

絶体絶命、九死に一生、起死回生。白蛇のナワバリで三味線にされかけるモニカ、はたまた古狸《ふるだぬき》とカワウソの部族戦争をふたりで食いとめ、ミイラと化していたぬりかべを霊泉に沈めて復活させる。ブラジルから移住してきたチュパカブラによるモンゴリアンデスワーム駆除作戦にハラハラドキドキ、座敷わらしとがしゃどくろの種族を超えたラブストーリーに感動の嵐が吹き荒れる。しかしまさか七色に輝くツチノコがラストの伏線になるとは……複雑怪奇な展開だっただけに、当事者であるぼくでさえ詳細を説明しきれそうにない。

しかし異様に味つけの濃い冒険の数々のわりに、いざマンマル様の話を聞く段になると一様に内容がうすかった。得られた情報をざっとまとめると、

「すげーでかい。でも遠い」

「いっしょにいるとぽかぽかしちゃう。めっちゃ好き」

「へェーラロロォールノォーノナーァオオォー」

と、いったところである。わからなすぎて乾いた笑いが漏れそうだ。

最終的に天狗の頭領から託された紹介状と勧誘用のチラシもなくなり、なのに参考になりそうな話をまったく聞けていないのでモニカと揃って途方に暮れてしまう。

『どうすんのよ。このままじゃ骨折り損もいいところじゃない』

「宴の勧誘についちゃ概ね良好な反応だったし、決して無駄ではなかったと思うけど……肝心の目的が達成できていないのは問題だな。でも安心しろ。わざわざ紹介状を書いてもらうまでもない、つまり見知ったモノノ怪の中に、まだ話を聞いてない御方がいる」

モニカがきょとんとする。

会ったのはぼくだけだから、ピンと来ないのは無理もない。

「竜宮に行った話はしただろ。最後のお相手は乙姫様、つまりおとぎの世界の住民だ」

◇

「浦島太郎の話って日本各地で伝えられているらしくてさ。なんでかっていうと理由は簡単——川や湖、滝みたいな水辺には竜宮へ通じる抜け道がたくさんあって、昔からうっかり迷いこんでしまう人間が多かったからなんだって」

なんて話をしながらチャリをこいでいると目的地が見えてきたので、背負っていたキャリーバッグからモニカを出してやる。

ぼくはハンドルについたライトで、橋の銘板を照らす。

竜宮橋。

『あー、学生時代に何度か通ったことがあるかも。でもびっくりするくらい普通の田舎っぽい川と橋だし、こんなところに浦島太郎の話があるだなんてことも初耳だわ』

「海なし県の群馬だし、まあ意外だよな。地元民より都会の化け猫のほうが地域の伝承に詳しいってのも皮肉な話だけど、普段は気にも留めていない場所ってのは案外あって、モノノ怪はそういう隙間にいっぱい潜んでいるのかも」

愛車のマーリン6を転がして、モニカといっしょに河川敷《かせんじき》までおりていく。

月明かりに照らされているとはいえ夜の川は不気味で、普段はなんてことのないゆるやかな水面が底なし沼のように見えてくる。間違っても泳いでみようとは思えないし、普通に溺れてしまう危険だって高いだろう。

なのでズボンのポケットをまさぐり、小さな玉のようなものを取りだした。

「前に乙姫様から入り口の鍵をもらっておいたんだよ。てなわけで竜宮ツアーと洒落こみましょうや、猫ちゃん」

『まったく最近のあなたって、私よりよっぽどノリノリで協力しているわよね』

わざわざ指摘されずとも自覚はあったので、返事のかわりにふんと鼻を鳴らす。

ぼくは昔から、みんなでやるようなイベントに参加したがるタイプではなかった。

中学時代の文化祭や体育祭とか、行事があるたびに盛りあげようとしていたモニカの姿を見て鼻で笑っていたし、がんばりすぎて倒れたときなんて怒りながらも心底呆れていたくらいだった。ただのお遊びなのに、真剣になる意味がわからないって。

でも……今になって振りかえってみると、ぼくはただ臆病《おくびょう》だっただけなのだと気づいてしまう。どうせ人気者になれない、失敗したら笑われるかもしれない。だったら最初から端っこで眺めていればいいと傍観者を気取っているうちに、カチカチと揺れているだけのつまらない人間になってしまった。

素直に楽しんでおけばよかったかな。いっしょに盛りあげればよかったかな。今さらそんなふうに考えたところで意味はないし、もちろん猫踊りなんていう不条理なイベントが、無為に過ごした青春の代わりになるわけじゃない。

だとしてもこうして頼られているからには、一度くらいは本気で参加してやろうかなという気分にもなってくる。踊る阿呆《あほう》に見る阿呆。踊る以外に選択肢がないとしたら、楽しむ阿呆になったほうが得である。

モニカになーと催促されたので、すぐそばの水面に抜け道を開くことにする。

玉のような鍵を握って念じると異界に通じるゲートっぽいものが出現し、驚いてぴょんと跳ねるにゃんこの姿を目にすることができた。

『うわ、ぐにょんって開いた！　ぐにょんって！』

「わかるわかる、ぼくも最初に見たとき同じ反応をした。で、次は入るのが怖くなるんだよ。いきなり宇宙空間とかに放りだされたりしないよな……って」

『ばかばかばかなんで背中をつかむの！　待ってせめて心の準備をさせ』

モニカをぽんと放り投げ、続けて自分も入り口に飛びこむ。

次の瞬間どぷんと、ぼくらは水の中に沈んでいた。

◇

視界はキラキラと明るく、今いるところは夜でもなければ川でもない。ラッセンの絵画みたいなターコイズブルーの海で、くらげのようにぷかぷかと漂う。

水中なのに息ができることからして不条理きわまりないが、そんなことが些細なことに思えるくらいの美しい世界が広がっている。

赤、黄、オレンジにパープルにピンク。色とりどりの魚や貝、あるいは珊瑚《さんご》やイソギンチャク。ターコイズブルーの世界で息づいている住民は誰もがカラフルな衣をまとっていて、頭上から射《さ》してくる光のカーテンを浴びていっそう鮮やかに揺れ動いている。

飛びこんだ当初こそじたばたしていたモニカだが、今はうっとりと景色を眺め、

『前座でこのクオリティだと、乙姫様やらを拝むのが楽しみになってきたわ。絵にも描けない美しさってくらいだから、さぞかし映える姿なのでしょうね』

「あー……。それについてはあんまり期待しないほうがいいぞ」

なんて言っているそばから竜宮が見えてきて、絢爛豪華な門のそばにいた異様なものたちが近寄ってくる。緑色でぬらぬらした禿頭《とくとう》のモノノ怪、河童である。

「ゲコゲコッ！　オドビメザマガオマチデズッ！」「ザアザア、ドウゾドウゾ！」

『え、タイやヒラメの舞い踊りは？』

華やかなイベントを期待していた猫ちゃんの前に群がる、カエルともトカゲともつかないクリーチャー。昨日まではお魚さんやアリエルみたいな人魚の家来もいたのだけど、残念ながら河童が滞在するようになってからは奥に引っ込んでしまったらしい。

というわけで無情にもゲテモノたちの歓迎を受け、乙姫様が待つ謁見室に向かう。

竜宮そのものはさすがの美しさで、ステンドグラスのような極彩色の壁や床が出迎えてくれる。モニカは息を吹き返したようにキョロキョロと眺め、ぼくも二度目ながらうっとりと見惚《みほ》れ、通路にそって歩いていくと、ひときわゴージャスな広間にたどりつく。

お目当ての御方は謁見室の奥、一段高いところに鎮座する貝殻のソファに寝そべっていて、ぼくらが姿を見せるなり立ちあがって歓迎してくれた。

『つい先日ぶりですわね、青年。ワタクシが恋しくなってまた会いに来るなんて、やっぱり運命を感じちゃったのかしら。そこの毛玉ちゃんは、噂の楽士さんね』

『……あなたが乙姫様なの？』

信じられないといった様子でモニカがたずねる。

目の前に立つモノノ怪は艶やかな着物をまとった美女――であればどんなによかったことかとぼくも思うけど、実際は白と紺の地味めな色の羽毛に包まれ、クチバシをすらりと伸ばしている。

竜宮よりは南極とかに住んでいそうな、ずんぐりとしたシルエット。羽があるのに飛べない鳥。世間一般では彼女のような生きものを、

『ペンギンじゃん……』

『そうとも言いますわね。絵にも描けない美しさとはワタクシのこと』

いや、むしろ定番じゃないか。キャラクターグッズとかの。

猫の親玉と同じく問答無用で脳内に語りかけてくるペンギンもとい超常の神話生物である乙姫様に、モニカはツッコミを入れる気力さえ失いげんなりしている。

なのでそこから先の会話はぼくが引き受けて、

「急な訪問にもかかわらず、快く《こころよ》お招きいただきありがとうございます。実は猫踊り用の新曲を作るときの参考にしたくて、マンマル様のことを詳しく教えてもらいたいんです」

『あら、殊勝《しゅしょう》な心がけですこと。なにぶん昔のことなのでワタクシの記憶もおぼろげですが、それでもよろしければぜひともお話をいたしましょう』

ぼくらがうなずくと、乙姫様はタンと足踏み。

すると宮殿とか王城といったような表現が似合いそうなゴージャスな謁見室はあとかたもなく消え、かわりに無数の巻物がぷかぷかと浮いている空間が現れる。

防水なのか見ためどおりの巻物ではないのか、いずれにせよ奇妙な光景である。

『竜宮の書庫には過去から現在、幽世と現世のわけへだてなく、あらゆる歴史と知識にま

つわる記録が保管されています。ワタクシは博学でありまして、かつては地上からさまよいこんだ人間を観察対象として時間の檻に閉じこめたこともございましたが……猫踊りにかかわる賓客にそのような戯れを働くつもりはありません。なのでいつぞやと同じく、帰るころにはウン百年というオチはありませんからご安心を』

ゆるめの姿に似合わず、さらりと怖い前置きを入れる乙姫様。

今いるところが書庫だとすると、さっきの足踏みでぼくらは瞬間移動したのだろうか。もしそうならほとんど魔法、あるいはSF。話しぶりからしてほかのモノノ怪よりずっと知的だし、今回は実のある話を聞くことができそうな期待感が漂っている。

『とはいえマンマル様についてただ知りたいだけでしたら、あなたがたのほうがよっぽど詳細な情報をお持ちでしょう。今ならネットの海を漂えばすぐこのように』

乙姫様がまたもやタンと足踏みすると、水中にぽんと丸い物体が浮かびあがる。

巨大な火の玉――いや、これは太陽か。サイエンス系のサイトから拾ってきたような画像の周囲に、詳細な解説まで添えられている。

『直径はおよそ百四十万キロメートル、重さにいたっては……っと、この点について触れるのは失礼でしょうか。とにかく途方もなく巨大で偉大なあの御方は、一億四千九百六十キロメートルの彼方からワタクシたちの世界を明るく照らしています』

乙姫様の言葉の意味がわからなくて、ぼくは隣のモニカと顔を見あわせる。

それからしばしの間を置いて、

「あの、これって太陽ですよね。ぼくらはマンマル様のことを聞きたいのですけど」

『だから今、お話ししているでしょうに。モノノ怪だけでなく、この世界の誰にとっても親か飼い主のようなもの。いつも近くで見守ってくれているように思えるけど、本当はいくら手を伸ばそうとも届かない。すなわち――太陽の化身』

困ったな。

話が飛躍しすぎて頭がついていかないぞ。

◇

まさか、天文学レベルのお相手だったとは。

仕事をサボっただけで世界が闇に包まれるだとか、その話を教えてくれた稲荷様と出会った神社は天照大神――太陽の神様を祀っていたところだったなとか、腑《ふ》に落ちてしまうポイントが多すぎるから、なおのことタチが悪かった。

「つまりぼくらはモノノ怪の世界どころか、一億四千九百六十キロメートル離れた宇宙の彼方にいる太陽の神様のところまで、賑やかな踊りを届けなくちゃいけないわけか」

『なにそれ、壮大すぎてウケる』

呑気に笑っている場合か、この毛玉。

冗談じゃない。にゃんこの奇祭どころか神話規模のイベントじゃないか。

モップと凡人には荷が重すぎるお役目と知って途方に暮れる中、

『目指すべきゴールがいかに遠く果てしないものか、ご理解いただけましたでしょうか。とはいえご安心ください。ワタクシが猫踊りにご協力するのは、ただの自己満足。あなたがたの力を借りれば届くと信じているわけではありませんし、そもそもあの御方に思いを伝えること、ましてや本当の意味で知ることなんて不可能だと考えております』

『ええ、初《しょ》っ端《ぱな》からさじを投げられちゃうの』

モニカが唖然としたように呟く。

ぼくとしても驚きだけど、マンマル様の正体を知ったあとでは納得のほうが大きい。なにせお相手は太陽の化身。壮大な宇宙の尺度で眺めたらぼくらなんて本当にちっぽけだし、取るに足らない存在であるほうが自然である。

『マンマル様はお優しかったですし、かつては直々にお声をかけてくださったこともありました。ただそれは鉢の中を泳ぐ金魚やメダカに向けるような愛着でしかなく、地上にご降臨なされていたのだっていっときの気まぐれにすぎません。親玉やほかのモノノ怪はマンマル様のことを親や家族のように考えておりますが、そういった関係を望むにはあの御方とワタクシたちはあまりにも存在がかけ離れています』

『んじゃなに、現実を見て諦めろっての』

『そこまで言うつもりはないですよ。ただ猫の親玉がやろうとしているのはただの宴であり、途方もない目的のために行うのは霊力を結集した儀式でもなければ科学を駆使したプロジェクトでもない、賑やかにどんちゃんと騒ぐだけの踊りです。成果を期待するというよりは、己の心を慰めるための催しだと考えるべきでしょう』

それで自己満足、というわけか。

今までに出会ったモノノ怪の中ではもっとも現実的、かつ割り切った考え方と言えよう。乙姫様は嘆き悲しむことなく、ただ現状を受け入れているのだ。

無理もない、とは思う。猫踊りの宴はまさしく夜空に浮かぶ星々を手を伸ばしてつかもうとするような、正気の沙汰《さた》とは思えぬイベントである。

『それともあなたの音楽が、賑やかに騒ぐだけの宴に魔法をかけてくれるのでしょうか。あの御方の心を開かせることができるのだと、信じさせてくれるのでしょうか』

乙姫様が問いかける。

できないことはできない、これはただの夢物語だと、幼子を優しく諭すように。

しかしモニカはいまだに納得できないらしく、

『悩みごとがあって仕事をサボったことがあったみたいだし、そういう意味じゃけっこう人間くさいというか等身大なところもあるというか……そもそも昔は会いに来てくれたわけだし、だったら絶対に無理って話にはならない気がするのよね』

『あなたが言っているのは、あの御方が岩隠れなされたときの話でしょうか』

『なんぞそれ』

モニカがぽかんとして聞き返す。一方のぼくはまたもや稲荷様の話が腑に落ちたというか、ふたつの点が線で繋がったような感覚を覚える。

やっぱりマンマル様は、ぼくらが言うところの天照大神なのだ。

「岩隠れってのは日本神話における有名な伝説だよ。あるとき天照大神様が天の岩戸と呼ばれる洞窟《どうくつ》に引きこもりになられた。すると世界は闇に包まれて地上に様々な災厄が降りかかった。なのでほかの神様たちが賑やかな宴を開いて気を引いて、天照大神様を岩戸から出すことに成功した——って内容だったかな」

『じゃあそのほかの神様ってのが猫の親玉たちのことで、そのときに開かれた宴も猫踊りだったわけ?』

『まあそうなりますわね。モノノ怪たちだけでなく人間たちをも巻きこんでの一大騒動でしたから、本来のものとはかたちを変え、今なお語り継がれる神話となっているのでしょう。なにせ偉大な存在ですから、マンマル様がどれほど高尚な思索に耽り、いかなる悩みを抱えていたのか想像さえつきません。たとえ知ったところでモノノ怪が、神様ですら解消できないお悩みをどうにかできるわけもないでしょう。悲しいですけど』

『あのさあ……本当に大事なのは、マンマル様の力になりたいと思っているってことじゃないの？　もしなにもできなかったとしても、そういう温かい気持ちが届いたら相手だって喜んでくれるはずだし、救いにだってなるかもしれない。私としてもそうね、あなたたちのそういった愛情をあますことなく乗せられるような曲を作りたいわ』

「テーマは愛ってか。さすがにちょっとベタすぎやしないか」

『知りたい伝えたい支えたいと思うのって愛があるからだし、悩みがあるなら理解してあげたいって思うのだって愛情よ。ベタというか普遍的なものだからこそ、私たちとは大きくかけ離れている相手にだって、届かせることができるかもしれないじゃん』

『……もっとも強い感情のひとつ、というのは確かでしょうね。ワタクシはそこまでロマンティストにはなれませんが、なにを伝えたいか、という方向で考えるなら正しいアプローチの仕方とも言えるでしょう』

意外なことに、ずっと否定的だった乙姫様からも良好な反応が返ってくる。

これまでの真面目くさった態度はどこへやら、

『でもみんなで愛のダンスを踊るとなりますと、いかがわしい雰囲気になりません？』

「どういう心配ですか。いきなり変なこと言わないでくださいよ」

『大丈夫じゃないの。前に全裸で求愛ダンスを踊ったときは驚くほどドスケベなムードにはならなかったみたいだし』

天狗の屋敷で行われた宴のことを思いだしたのか、モニカもモニカでだいぶピントのずれたことを言う。しかもこちらの毛玉は乙姫様以上にふざけていて、

『そうだわ……答えはもう見つけているじゃないの。私のために踊ってくれた、あなたの求愛ダンス。猫踊りにしてもテーマは同じ、ならあれをベースに考えればいい』

「いや、無茶にもほどがあるだろ。マンマル様のためにモニホヤ音頭って」

『だけど霊酒のバッドトリップを解くくらいのインパクトはあったわけだし、バージョンアップを重ねれば一億四千九百六十キロメートルの彼方までぶっとんでいけるような勢いを出せるはず。踊ったときのことは古参の家来たちが覚えているでしょうし、天狗の頭領にうまいことアレンジしてもらえば振りつけは問題なし。あとは私がとびきりの愛をこめて新曲を作れば、モニカ様をチヤホヤする踊りならぬマンマル様に愛を歌う踊りの完成よ。もちろん全裸でやるわけじゃないし、私が監修するからには洗練されたものになるでしょうけど、それでも根底にあるのはあのときあなたが示してくれたL・O・V・E』

「だからラブはねえっつの。ほとんどぼくに対する嫌がらせじゃないか」

しかしモニカが嫌がらせ目的のときにかぎっていい仕事をするのは、代表曲である〈レクイエム〉が証明している。猫踊りのグロテスクなパロディだったモニホヤ音頭が新規プロデュースの根幹に採用されるとは、本当にわけがわからない。

しかし突拍子もないアイディアだけに、ばかばかしいほど壮大な高さになったハードル

を飛び越えるにはちょうどいいような気もしてくる。

ぼくは覚悟を決めて、目の前にいるペンギンに語りかける。

「どうせ今のままじゃなにも変わらないんだし、やるならやるで前のめりにやってみませんか。自己満足だなんて言いながらやるより、そのほうがずっと楽しいですよ。マンマル様がいったいどんな理由でメンタルを病んでるのか、ぼくらにはわからないし解決できるわけもないでしょう。でもそれを吹き飛ばすくらいのラブとかハッピーな気持ちを届けてやれば、さすがに振り向いてくれるんじゃないですかね」

乙姫様が途方に暮れてしまう気持ちはわかる。我がことのようにわかる。

しかしだからこそ、変わらなくちゃいけないんだってのもよくわかる。

本気でやらなきゃ響かない。阿呆にならなきゃ届かない。

その真摯な思いが伝わったのだろうか、乙姫様は穏やかな声でこう言った。

『……でしたら残り少ない余生を楽しむための戯れとして、期待せずに待ちましょう。今や現世と幽世の繋がりは風前の灯火、ワタクシたちも力を失いつつあります。しかしこのたびの宴を盛りあげることができれば、みなの心も活気を取り戻し、かつての力を取り戻せるやもしれません。猫踊りのプロデュース計画はもはやマンマル様に思いを届けるというだけでなく、地上のモノノ怪すべての命運をかけた催しでもあるのです』

「最後の最後でまた一段とプレッシャーをかけてきやがりますね」

『しかしあなたは信じているのでしょう？　自分たちならできると、隣にいる可愛らしい楽士さんなら、宇宙の彼方まで届くような素晴らしい音楽を作りだしてくれると』

ぼくは丸っこい毛玉に目を向ける。

宝石のように澄んだ瞳が、こちらをじっと見つめ返してくる。

「まあモニカならやってくれるんじゃないですか。でないとぼくも困りますし」

『愛のあるコメントをありがと。あなたならそう言ってくれると思っていたわ』

お互いに顔を見あわせて、とっておきのイタズラをはじめる前のようににやりと笑う。

目指すべきゴールは一億四千九百六十キロメートル先、意中のお相手は太陽の化身にして日本神話における最高神。真面目に考えるのがばかばかしいくらいに無謀な挑戦だ。

だけどモニカといっしょにやるなら、不思議となんとかなるような気がしてくる。

第七話　決起集会

モニカは家に帰るなり、前のめりで作曲に没頭しはじめた。

彼女の脳内ブルートゥースを介して流れこんでくる音の洪水に酔いながら、今日も眠れそうにないなと覚悟する。しかし迷惑と感じるよりも期待感のほうが大きくて、ぼくは時が経つのも忘れてゆらゆらと揺れる背中を眺め続ける。

以前のモニカの作曲は手当たり次第に使えそうなものを拾って試しているような雰囲気だったけど、今は広大な砂漠の中に眠っている目当ての宝物を探そうと、ひたすらさまよっているように見える。たぶん理想となるイメージはすでに彼女の中にあって、あとはそれをメロディというかたちに落としこんでいくだけなのだろう。

何度も同じフレーズをアレンジしたのちに「これじゃないわね」と言いきってまったく別のフレーズに手をつけてみたり、ほとんど聴きわけられないような微妙なキーの違いをひたすら試したあとで「よし」と呟いてみたり、音楽的センスが皆無な人間にはとっかかりの理解すらおぼつかない別次元の作業風景だ。

やがて小さな毛玉は二十秒ほどの短い音楽ファイルを再生して、

『今のところこんな感じだけど、百点満点中で何点くらいかしら』

「言いたくない」

ぼくはそっぽを向く。しかし素直に告げるよりよっぽど雄弁に、称賛の意を示してしまったように思える。わかった、降参だ。グラミー賞のトロフィーを持っていってくれ。

基本に立ち返ったのか、アコースティックギターのみのシンプルな構成。今風のJ－POPというよりはオールディーズのフォークソングに近く、キャンプファイアーを囲みながら踊ったら一生の思い出になりそうだ。軽妙かつ奥深いカントリー風味の曲調で、短いフレーズだけでも老若男女問わず広く愛されるだろうと確信できる、文句なしの完成度。

しかし当のモニカはフスンと鼻を鳴らし、

『あともうちょっとで答えが見つかりそうなの。でもいい線はいっていると思う』

「はあ？　ふざけんな、ほとんど完璧《かんぺき》じゃねえか」

『なんであなたがキレるのよ。私はまだ全然、納得できていないってば』

ぼくはパソコンの主導権を奪い、今しがた聴いたばかりのファイルをもう一度再生する。なにが気にいらないのかわからなかった。なぜ納得できないのか理解できなかった。

音楽を作るほうはともかく聴いて評価するほうは対等だと思っていたけど、全然そんなことはなかったらしい。モニカは凡人には認識さえできないはるか先を見すえている。

気がつくとぼくはため息を吐いていて、

「この先があるんなら、満足のいくまでやってみりゃいいさ。夜空の彼方まで届かせなきゃならないわけだから、求める理想は高いに越したことはないはずだし」

なんて精一杯の強がりを見せたあと、内心の動揺をごまかすようにスマホを開く。

するとー通のメールが届いていた。

『どうしたってのよ。うんこ漏らしたような顔しちゃって』

「その表現はさすがにどうかと思うけど……バッドニュースなのは間違いないな。ドクくんからメールだ。猫踊りのプロデュース計画について」

『さりげなくアドレスを交換しあっているのがウケるわね、スマホで業務連絡してくる化け猫って。ちなみにご用件はなんなの』

「親玉が各地のモノノ怪と協議を重ねた結果、宴の正式な日時が決定したらしい。一年のうちでもっとも長くマンマル様が地上を眺める日、つまり夏至に開催。お休みになられる直後を狙うので日没から開始、場所は予定どおりぼくのバイト先の工場だってさ」

『夏至っていうことは六月の下旬ね。今からなら三ヵ月くらいあるし、それだけ時間の余裕があれば納得できるかたちに仕上げられると思う。いきなり明日までに、とか言われる不安がなくなっただけでも気持ち的には大きいかな』

「天狗の頭領と相談して振りつけを考えたり、事前の準備とかもあるから実際は当日より早めに完成していないとまずいとはいえ、概ねのところはぼくとしても同意見だな。ただドクくんからのメールには続きがあって、まさにいきなり明日、猫踊りのリニューアル開催にあたっての予行演習を兼ねた決起集会をやるつもりなのだとか」

『てことは全国のモノノ怪オールスターズが、工場に集結するわけ？』

「その際にお試しで猫踊りをやるため、サンプルになるような曲を作ってきてほしい……と書いてあるから、今さっき流したやつをもうちょい仕上げたほうがいいかもしれん」

『うへえ、今日は徹夜確定じゃん』

モニカがげんなりしたように呟いたので、励ましがてらモップみたいな背中を存分にわしゃわしゃとかいてやる。ベートーヴェンが第九を作っていたときに間近で見ていた人々も、きっと今のぼくと同じような気分になっていたはずだ。人類史に名を残すような名曲が誕生する、その瞬間に立ち会えるのだという期待と感動。

たとえ自分が輝かしいステージの中心に立てなくとも、天才になれないにしても、

『なんだか楽しそうね。前はあんなに嫌がっていたのに』

「どうだろうな。退屈しそうにないなとは思っているけど」

この後におよんでしょーもない意地を張ってしまう。

彼女の言うとおり、ぼくはこの状況を楽しんでいる。

きっと誰よりも、猫の親玉よりも楽しんでいるに違いない。

「期待していなかったわけじゃねえが、こりゃおったまげたな。一回聴いただけでばっちり耳に残る、無意識に鼻歌を口ずさんじまいそうな印象深いフレーズだ」

「聴けば聴くほどやみつきになるスルメ曲よな、これ。妾としてはまさか人間が、しかも呪われて汚え毛玉になっておるような娘がこれほどのものを作りあげるとは、いささか信じられぬと耳を疑うレベルじゃぞ」

◇

翌日。徹夜で作りあげたモニカの新曲を工場のスピーカーで流してやると、人間形態のドクくんと天狗の頭領は揃って最大級の賛辞を贈ってくれた。

しかし当人は相変わらず納得できていないらしく、休憩用のソファにちょこんと座りながら、不遜《ふそん》な笑みを浮かべてこう言った。


『どういたしまして。私としてはこれで二十点くらい、期日までには百点かそれ以上のものに仕上げておくつもりだから、あなたたちも心臓ぶっこ抜かれる覚悟を決めてきてね』

「だ、そうです。ふたりともぼくと同じ反応をしてくれて安心しましたよ」

啞然としている化け猫とバニー服の天狗を見て、自然と口元がゆるんでくる。

ただひとつ心配なのは——ぼくらが座っているソファの対面、ドクくんと天狗の頭領の間に鎮座している、一匹のデブ猫からの反応がまったくないことだ。

そう、実に数週間ぶり。そもそもの発端でありこのたびの宴の責任者でもある猫の親玉である。姿を見せていない間は全国各地を転々とし、数多のモノノ怪を参加させるべく奔走していたとのことで以前よりうす汚れているが、その眼光はギラギラと鋭く、全身からすさまじいまでの活力を漂わせてる。

そんな鬼気迫る様子のリーダーが無言を貫いているのは、なんというか怖い。完璧主義者と化したモニカはさておき、ぼくとしては手応《てごた》えがあるだけになおさらだ。

「あの、親玉としてはどうでしょう。未完成とはいえいい感じだと思うのですが」

『む……おおう、ずお、おおおんっ！』

「言葉にならないくらい感動しているみたいさね。泣いているんだぜ、これ」

よく見れば黒毛にまみれた顔にうっすらと雫《しずく》のようなものがきらめいているし、感極まってしまうほど気にいってもらえたのならひとまず安心だ。

とはいえ猫の親玉もぼくと同じくらいには素直じゃなくて、

『吾輩も今のところ不満はない、が……呪いを解くのは万事が成功してからだぞ。今日はリハーサルがてら試しにこの曲で踊ってみることにして、モノノ怪連中の反応を見ながら本番までにプロデュース計画を完遂させるとしよう。それでよいか、人間ども』

凡人とモップは揃ってうなずく。

そのあとはぼくと親玉とドクくんが全国各地からやってきたモノノ怪オールスターズを出迎えつつ工場敷地《しきち》内の駐車場にてステージの設営を仕上げ、その間にモニカと天狗の頭領が、誰でもすぐに踊れるような簡単な振りつけを考えることになった。

本番前の決起集会とはいえ、この世ならざるものたちがどんちゃん騒ぎするイベントが、あと数時間かそこらで幕を開けるわけだ。

恐ろしいやら面白いやら。いずれにせよ酔狂なことこのうえない。

◇

人が集まれば必ず揉《も》め事《ごと》が起こる。

世界有数のマナー大国である日本でさえ集会となればトラブルがつきものなのだから、参加者が多種多様なモノノ怪になった場合どうなるかについて、事前にもっと真剣に考えておくべきだった。

呑気にわくわくしつつ準備をはじめて一時間後——ぼくは怪しげな術で宙にふよふよと浮かされ、いかにも凶暴そうなモノノ怪たちに頭から食われそうになっていた。

「……あの、ぼくはみなさんをもてなすために用意された酒のつまみではありません」

「わしらは昔からニンゲンをバリバリかじっていた。それができなくなったのは現世との繋がりが弱まり、好き勝手に暴れられるほど霊力の余裕がなくなったからだ。今回の宴はモノノ怪の社会を盛りあげる、いわば地上で畏《おそ》れられていた時代の栄光を取り戻すために開催するんだろ？　だったら景気づけにいっちょ人身御供《ひとみごくう》になっておくれや」

イベントの趣旨を勘違いしているふうのリーダー格っぽい巨大イタチが、ぼくの頭によだれをだらだらと垂らしながら語りかけてくる。

いっしょに受付カウンターに座っているドクくんに助けてもらおうと視線を注ぐものの、あっちはあっちで手が離せないらしく、外まわりを担当しているヌメンギッチョくんと無線のインカムでやりとりしながら、

「がしゃどくろの旦那が来る途中に軽トラと衝突した？　旦那は無傷で運転手が軽傷、目撃者なしか。んじゃうまいこと暗示かけてごまかしといてくれや。……は？　今度はぬりかべが田んぼに落ちて抜けだせないだって？」

「あちこちでカオスな状況になっていやがるな。いやぼくも今やばいけども」

「味つけをどうするか決めるぞー。はい、ガーリックがいいやつ和風がいいやつチーズがいいやつ、洋わさびソース？　んじゃそれも候補で」

ぼくをハンバーグにする前提で多数決を取らないでくれませんかね。恐怖で感覚が麻痺しているのか自分でも驚くほど冷静に脳内ツッコミを入れた直後、

「カマイタチの坊や、ひさしぶりに人間をおどかせて楽しいのはわかるけどいい加減ネタ

バラシをしてやりな。君は昔からトカゲやザリガニばかり食べていただろうに」

「おっと、稲荷の旦那ではないか。まあ人間なんて臭くてマズイってのが定説だからの。陰陽師やらに目をつけられる危険を考えたらあえて狙う理由なんざありますまい」

その言葉と同時に、宙に浮いていた身体がどさりと落ちる。カマイタチと呼ばれたモノノ怪がにやついた表情を浮かべる中、見覚えのある闖入者《ちんにゅう》者がぼくの顔を見て挨拶する。

「こんばんは、なかなかに盛況なようだね。君も一杯どうだい」

「ありがとうございます……。アルコールでも入れなきゃやっていられませんよ」

酒気を帯びた金髪碧眼のお兄さんにお猪口《ちょこ》を渡されて、甘い香り漂う日本酒をぐいっとあおる。するとたちの悪い冗談でぼくをからかっていたカマイタチが持参の瓢箪《ひょうたん》からさらに酒を注いできて、宴がはじまる前からだいぶできあがってしまう。

その後も古狸の夫婦に化かされて泥団子を食わされかけたり雪女に言い寄られてフリーズドライにされかけたり（このときは本気で危なかったらしくドクくんが慌てて止めてくれた）ペンギンもとい乙姫様が引きつれてきた河童の大群を出迎えたりと不条理きわまりないイベントが続く。

とはいえ二時間くらいして鞍馬からはるばるやってきた天狗衆と挨拶を交《か》わしたあたりからようやく波が引けてきて、さて小休止となったところで振りつけの件をあらかた片づけたらしいモニカが背面からいきなり飛びついてくる。

「首がぐきっとなったぞ今！　猫になっても重いんだから危険行動は慎《つつし》め！」

『ばか言いなさんな、乙女だったころから羽みたいに軽いっつの。そろそろ親玉が開会の挨拶をかますらしいからステージに移動しましょ。田舎のしょぼくれた食品工場のわりにやたら広いんだものここ』

「普段は運送用のトラックが列をなして停まっている駐車場だからな。今日は決起集会のためにほかのところに移動しているらしいけども」

ちなみに化け猫の占領下でなかろうと、平時から工場の納涼祭やらで利用しているスペースでもある。そのためイベント用テントやら仮設ステージ、スピーカーやマイクなどの機材は最初から倉庫にあったし、人間に変化した化け猫たちや群馬に滞在中のモノノ怪の手を借りれば、ほんの一時間かそこらで会場を設営することができるのだ。

そんなわけで駐車場の入り口にて受付をはじめる前はぼくらもテントを張ったりしていたのだが、納涼祭で毎年使い倒しているような設備を流用しているがために、予行演習とはいえ神話規模の目標を掲げたイベントにしては安っぽいなと感じていた次第である。

しかしいざ会場を振りかえってみると、ぼくらがカマイタチやらの相手をしているうちに仕上げの作業を施していたらしく、見違えるほどきらびやかなステージと化していた。

まず目につくのは色とりどりの鬼火、無数の蛍による青白い光。それが雪女が作ったと思わしき巨大な氷の柱をキラキラとライトアップしている。かと思えば稲荷様の仕業であろう桜の花びらや色づいた紅葉がひらひらと宙を舞っており、足元に目を移せばハイビスカスやブーゲンビリア、ゲットウやプルメリアがアスファルトを爛漫《らんまん》に装飾している。

『日本は四季の国ってもやりすぎでしょ。どんだけはしゃいでいるの、あいつら』

ぼくは同意を示すようにうなずき、絢爛豪華な光景にやられた目を休ませるべく夜空を仰ぐ。するとぽっかりと浮かぶ満月が目に入り、この世ならざる集会に参加しているのだという認識をよりいっそう強め、ぶるると身を震わせる。

やがてステージに設置された大型スピーカーがキーンとハウリングし、

「よい子のみんなー！　決起集会、はっじまるよー！」

というアナウンスとともに赤のゴスロリルックに身を包んだ天狗の頭領がご登場。相変わらず地下アイドルじみた彼女がイベントのＭＣを担当するらしい。

しばらくすると会場のあちこちで歓談していたモノノ怪たちが集まってきて、周囲の光景がいよいよ地獄絵図と化していく。くねくねにぽんと突き飛ばされたりチュパカブラに血を吸われそうになったりと危ないのでモニカを腕に抱え、ぼくは押し合いへし合いしている前列から離れ安全な後方に陣を取る。

天狗の頭領が「マンマル様に会いたいかー！」「古き栄光を取り戻したいかー！」などの号令で会場を温めたあと、ステージの端から勢いよく火柱が吹きあがり、ロックフェス並みのど派手な演出を伴って猫の親玉が現れる。

鬼火と狐火《きつねび》でパッとライトアップ。真っ黒なデブにゃんこはコホンと咳払《せきばら》い。

『マンマル様に会いたい一心で踊り続けて四百年。その間に離れてしまったものたちが、再び集まってくれたことを嬉しく思う。この中にはあの御方をよく知らぬ、若いモノノ怪も多かろう。しかしそういった面々とて、現世との繋がりが弱まり衰える一方の現状には危機感を覚えておるという。……ならばこそ今ここで問いたい。モノノ怪はこの世界に必要とされておらぬのだろうか。マンマル様はもはや吾輩たち、いや、地上に生きるすべてのものたちを愛しておらぬのであろうか』

盛りあがっていた場内が、しーんと静まり返る。

数多のモノノ怪がステージをじっと見つめる中、猫の親玉は力強く語る。

『嘆き悲しんでいるだけならそうであろう。小さな毛玉にすぎぬ吾輩だけなら認めたであろう。みなが賛同して集まってくれねば諦めていただろう。だが現実はそうではなく、数多のモノノ怪は一縷《いちる》の希望を宿して前を向き、今こうして再び力を合わせようとしておる。来たるべき夏至の日にかつてない規模の猫踊りを催し、世に必要とされていることを証明してやろう。賑やかにどんちゃんと騒ぎ、吾輩たちがいかに滑稽で明るく、愛されるべき存在であることをマンマル様に思いだしてもらうために』

親玉による決意表明の直後、会場のスピーカーからアコースティックギターの音色が流れはじめる。すると会場からどよめきが起こり、続けて歓声が湧き上がった。

ああ、これはモニカが作った新曲だ。彼女の手によって紡ぎだされたメロディはモノノ怪の心にもしかと響き、姿かたちが異なるものたちをひとつに束ねようとしている。

ぼくは音楽が持つ真の力を知った。その素晴らしさを肌で理解した。

数多の名曲が言葉や文化の壁を飛び越えて伝播《でんぱ》していったように、モニカが作った曲に合わせてカマイタチや天狗や河童が手拍子でリズムを取りはじめ、がしゃどくろやぬりかべや海坊主《うみぼうず》がアスファルトをタップして大地を揺らす。

『ご満足いただけたようだな、みなのもの。しかし協力者の話によると、この曲はいまだ未完成。吾輩たちも入念に準備を重ね、最高のステージを用意するつもりでいる。ゆえに今宵はただの予行演習、なのにこうも盛りあがっておるのだ。本番の賑わいを想像するとわくわくしてくるであろう？　その期待を胸に抱き、今よりみなで踊ろうではないか！』

親玉は高らかにそう宣言し、右の前足を夜空に——一億四千九百六十キロメートル先にいるであろうマンマル様に向かって突きだした。一匹の小さな毛玉に呼応し、会場にいるすべてのモノノ怪が勢いよく腕を掲げる。腕の中のモニカがにゃーと一声あげ、ぼくもまた同じように叫んだ。

ねぶたのように巨大ながしゃどくろのタガが外れ、アコースティックギターの音色に合わせた激しいタップで、親玉や化け猫や小さなモノノ怪たちがぽんぽんと跳ねあがっていく。モニカも腕から飛びだしてアスファルトのトランポリンを楽しみ、ぼくは間近にあったぐちょぐちょの触手をつかみ、火星人みたいなモノノ怪といっしょにくるりと回る。

ステージを見れば鬼火と狐火のスポットライトを浴びた天狗の頭領がパラパラを踊っていて、あれが新たな猫踊りの振りつけなのだと気づいて苦笑する。勝手気ままに踊っていた会場のモノノ怪も頭領に追従し、河童の大群が一糸乱れぬ動きでパラパラを披露しはじめる。モニカがステージにあがり踊りはじめたところで酔っぱらったドクくんが乱入し、天狗の頭領を強引に担ぎあげてぬりかべのところにダイブさせる。

なんというばかばかしさ。不条理がすぎるともはや笑うしかない。

わっしょいわっしょいと胴上げされている金髪ツインテールの天狗を眺めながら隣にいた稲荷様と腹を抱えて笑い、手渡されたお猪口で酒をあおってまた踊りだす。

楽しかった。涙が出るほど愉快だった。今日のために生きてきたのだと思った。

まだ予行演習なのに。

本番がこれ以上に楽しいのだとしたら、うっかり昇天してしまいそうだ。

ぼくは夜空の彼方を見すえ、いまだ無関心を貫くマンマル様に語りかける。

踊る阿呆に見る阿呆。

偉大なあなたならわかるでしょう。踊ったほうが楽しいことくらい。

◇

楽しい時間の反動はすぐにやってきた。

ぼくはステージから離れ、魑魅魍魎の巣窟《そうくつ》と化した駐車場の端っこで盛大にリバースする。調子に乗って酒を飲みすぎた。稲荷様とカマイタチがぐいぐい注いできたせいだ。

わざわざ心配して様子を見にきたのか、モップのような毛玉が呆れた声で言う。

『あなたにしちゃ珍しくハメを外したわね。そんなに楽しかったの？』

「熱気にあてられただけだよ。ぼくは雰囲気に流されやすいから」

幼なじみが見透かしたようにくすりと笑う。あえて意地を張るような場面でもないのだが、化けの皮をかぶるのがほとんど癖になっている。

吐き気がなかなか治まらないので手近に休めるところはないかと探したあと、ワンアップしそうな緑ドット柄のでかキノコに腰をおろして深呼吸。モニカも対面のサルノコシカケに座ったので、自然とお互いに向かいあうかたちになる。

『私は楽しかったわよ。この時間がずっと続けばいいなと思うくらい』

「たまにならともかく毎日あの有様じゃ身が持たないだろ。あと駐車場も」

ステージに視線を注ぐとモノノ怪たちのボルテージはさらに上がっていて、怪しげな術を使って最新のプロジェクションマッピングめいた演出を再現しているところだった。

モニカは寂しそうにその光景を眺め、ぽつりと呟く。

『でも、いつまでも猫ちゃんのままじゃいられないのよね。自分の仕事は完遂したいと思うけど、元の姿に戻りたいかっていうとわからなくなってきちゃった』

ぼくはなにも言わなかった。

普段なら「冗談はよせ」とか「ふざけるな」とすぐに返したはずなのに。

なんでかって？　そりゃもちろん、同じことを考えていたからだ。

『黙ってないでなにか言いなさいよ。人間に戻ったら甘ったるいご褒美をくれるとかさ、メランコリックな幼なじみを元気づけたいとは思わないの？　気が利かないわね』

「ぼくがご褒美をあげたら立場があべこべじゃないか。お前を元の姿に戻したら曲の権利を譲渡してもらって、億万長者になるわけだし。忘れたわけじゃないよなその約束」

『じゃあ私が得しないじゃん。優雅な飼い猫ライフを失うだけじゃん』

ついに人間としてのプライドを捨てたぞ、こいつ。飼われることをよしとするな。

ぼくは頭をかく。今日ばかりは最大限に譲歩してやろう。

「わかった、約束してやる。お前が人間に戻ってミュージシャンとして活動しはじめたとしても、ぼくたちの関係は変わらない。休みの日はちょくちょく会いに行ってやるし、なんなら猫の親玉のところにも定期的に顔を出して、化け猫たちと戯れたり踊ったりしようぜ。年一くらいで今日みたいな宴を開催してもいいな。目的を果たしたって別に、モノノ怪のイベントに参加しちゃいけないってわけでもなさそうだし」

『もう一声欲しいところね。それくらいならなし崩し的にどうにかできそうだから』

「お前さあ、めちゃくちゃ図々しくないかそれ」

『あなたにしちゃがんばったのは認めるわよ。だからもっと素直になって』

発情した猫みたいな声を出しやがる。いや事実、そのとおりなのだろうけど。

言葉にしなくても伝わることは確かにあって、そうでなくても長いつきあいだけに幼なじみは以心伝心だ。とはいえ今のモニカは言葉にしてほしいと願っていて、野生の獣よろしく獲物の退路を封じようとあれこれと計算しながら動いている。

そしてぼくはぼくでみすぼらしい毛玉とロマンチックな雰囲気になりつつあることを自覚して、化け猫の奇祭をプロデュースする以上に滑稽な境遇を前にして吹きだしそうになっている。これが人間の姿にだったら気恥ずかしさのあまり七色に輝いてロケットみたいに飛んでいたかもしれないけど、困ったことに猫ちゃんが相手だからか、ぼくの両足はまだ地面についている。

しばし目を閉じる。幼なじみが次の言葉を待っている。

五年か、あるいはそれ以上前から。

「お前が元の姿に戻ってもさ、ぼくは――」

そばにいてほしいよ。

ついに言ってしまった。死守し続けていた一線を踏み越えてしまった。まず最初に肩の荷がおりたような安堵がやってきて、そのあとすぐに猛烈な後悔に襲われる。

これじゃほとんどプロポーズ。そこまでするつもりはなかったのに。

沈黙が流れる。ぼくはたまらず、

「なんとか言えよ」

「にゃあ」

聞いていなかったふりとは、意地が悪い。

むかついたので抱きあげて何度か揺すってみるものの、モニカはじたばたともがくだけで返事をしない。五分か十分か。……しらばっくれるにしたって、長すぎるだろ。

仕方なく彼女を解放し、離れた位置で様子を見る。するとどこからかブーンと真っ黒な虫が飛んできて、あろうことか前足でキャッチしてかじりつこうとする。

「おいばか、そこまでやるやつがあるか！」

慌てて制止するとモニカはぎにゃっと驚き、そのままステージのほうへ逃げていく。わけがわからない。照れ隠しなのかなんなのか、本物の猫みたいな動きしやがって。

モップみたいな背中を追いかけていくとステージの周辺が暗くなっていて、ぼくはまた違和感を募らせる。スピーカーから流れていた音楽がいつのまにかやんでいるし、鬼火や氷の柱や南国テイストの花々もなく、どころか賑やかに踊っていたはずのモノノ怪たちの姿さえない。最初から誰もいなかったかのように、ボロっちいイベント用テントと仮設ステージだけが暗がりの中でぽつんと佇んでいる。

……みんな、どこに行ってしまったのだろう。

常識の通用しないモノノ怪だからって、挨拶もなしに帰るなんてありえない。

妙な胸騒ぎがしてくる。心細さを感じながら、ぼくは駐車場をさまよう。

モニカはイベント用テントのパイプ椅子《いす》が並んでいるあたりで丸くなっていたので、何度か呼びかけて近寄ってきたところを捕まえる。ついでにようやく見覚えのある姿、変化していないときのドクくんや家来のにゃんこたちとも遭遇するけど、ぼくが声をかける前にさっと走り去っていく。どいつもこいつも普通の野良猫みたいな動きをするし、ますます不安になってくる。

「いったい、なにがどうなっているんだ？」

がらんとした駐車場でひとり、虚空に向かって問いかける。

腕の中のモニカは答えず、誰からも返事はなかった。

いや、ステージの中央付近に動くものがある。

ぼくが慌ててそこへ向かうと、

『ああ、お前か。お前だけしかいないのか』

「猫の――親玉っ⁉」

暗がりにうっすらと、黒い猫の姿が浮かびあがっている。頭に響いてくる声はやけに小さくノイズまじりで、今にもぷつりと途切れてしまいそうなほどに頼りなかった。

嫌な予感がした。なにかよくないことが起きている気配を感じた。

ぼくがごくりとつばを呑みこむ中、猫の親玉は絞りだすような声で語りかけてくる。

『マンマル様は誰も愛しておらぬ。モノノ怪はもはや不要である。それが答えなのだとしたら、吾輩はなんのために四百年も踊ってきたのだろう』

「待ってくださいよ、これからってときに諦めちゃうんですか？」

『これからなんてものはない。もう終わりなのだ。今さらあがいたところで手遅れだったのだ。吾輩たちとこの世界の繋がりはすでに――』

言葉の途中で、猫の親玉はふっと消えてしまう。

ぼくは待った。その場で、戻ってくるまで。

一時間、二時間、三時間も四時間も。

なにも話してくれないモニカと、夜が明けるまでずっと。

ぼくは待った。猫の親玉や、みんながまた顔を見せてくれるまで。
次の日、また次の日、三日後も四日後も。
なにも話してくれなくなったモニカと、平凡な日常の中でずっと。

◇

踊る阿呆に見る阿呆。
踊る阿呆がいなければ、見る阿呆はなにもできずにいるだけだ。

◇

モニカは今やごく普通の猫だった。
頭の中に語りかけてくることもなければ、自分の世話さえ満足にできやしない。
ぼくの部屋だろうがリビングだろうが構わずそこら中に用を足しやがるし、目を離しているうちに壁や床、雑誌や新聞を爪でガリガリと引っかいてしまう。

今の彼女を見ていると、自分は猫を飼うことの大変さをまったく知らなかったのだと気づく。これまではただ、ミュージシャンの幼なじみと暮らしていただけだったのだ。

母親がぽつりと漏らす。

手のかからない猫ちゃんだったのに、急にどうしちゃったのだろうと。

ぼくにもわからない。

しかしモノノ怪たちが宴の途中で、忽然《こつぜん》と姿を消してしまったことと無関係ではないはずだ。あのあとバイト先の工場から化け猫たちもいなくなり、従業員たちも占拠されていたときのことをまったく覚えていなかった。

まるで泡沫《うたかた》の夢のように。

この世ならざるものたちはいなくなり、ぼくは面白みのない現実に放りだされている。

◇

夜勤明けの朝。生意気な口をきかなくなったモニカを腕に抱き、眠りにつく刹那《せつな》。

猫の親玉と最後にかわした会話を思い返し、先送りにしていた問いに答えを出す。

手遅れだった、と言っていた。

あのときに途絶えてしまったのだ。現世と幽世の繋がりが。

だとしたら、再び結びつけることはできるのだろうか？

自分には無理だ。モニカにだって無理のはずだ。

人間のように振る舞っていたときなら天才的なアイディアを閃《ひらめ》いてくれたかもしれないけど、今は突然げろっと毛玉を吐きだすだけの猫ちゃんなのだ。幽世との繋がりが途絶えたのならせめて元の姿に戻ってくれたらよかったのに、呪いというのはどうやら悪い方向にしか作用しないものらしい。

ぼくらがなにもできない以上、モノノ怪のほうでなんとかしてもらうしかない。

しかし最後に見た親玉は完全に心が折れていたし、そもそも自分たちの力でどうにかできるようなら、あんなふうに危機感を抱いていなかったはずである。

もし、このままだったら？

夏至の日になっても猫踊りの宴は開催されず、モニカはずっと猫のまま。

ぼくはなにも変わらない。

彼女と五年ぶりに再会して、猫踊りの一件に関《かか》わる以前の自分に戻るだけ。

モノノ怪たちがいなくなろうがマンマル様に見放されていようが、世界が闇に包まれてあらゆる災厄が降りかかるなんてことにはならないようだし、メトロノームのような生活がただ続いていくだけである。

だったら、それでいいじゃないか。

モニカだって飼い猫のままがいい、なんてふざけたことをぬかしていたし、現に今ぼくの腕に抱えられて幸せそうにすーすーと寝息を立てている。

だから、それでいいじゃないか。

間違い探しの間違いのほうの職場で社会の歯車として空転し続け、退屈な日常に埋没している己を自覚しながら夜勤後の帰り道で明るくなっていく空を見あげ、平凡な人間はいつまでも平凡なままなのだという使い古した諦観《ていかん》に抱かれて眠りにつく。

なにかをする必要なんてない。どうせなにもできないのだから。

天才である幼なじみがいなければ、面白おかしいモノノ怪たちがいなければ、凡人であるぼくにはたいした力もなくて、だからただ待っていることしかできやしない。

待っているだけでだめだったら、あとはもう諦めてしまうほかない。

腕の中で眠っていたモニカがもぞもぞと動きだし、ぼくの頬をぺろりと舐めてくる。

とめどなく涙があふれていて、なんでこんなに寂しいのかわからなくて、なにがこんなに悔しいのかわからなくて、猫を抱いたまま猫のように丸くなって、捨てられた猫みたいに泣いてしまう。

そうさ、ぼくは知らなかったんだ。

みんなの力になりたいのに。

自分にできることがなにもないことが、こんなにつらいだなんて。

第八話　踊る阿呆

モノノ怪たちが姿を消してから一週間。

現世と幽世が断絶していようと工場は稼働しているから、ぼくはいつものようにバイトへ向かう。愛車のトレックマーリン６を駐輪場に置いて事務所に顔を出すと、山口係長が死んだ魚の目をしていた。

「地獄へようこそ」

嫌な予感を抱きつつホワイトボードに貼られた名札を見ると、アルバイトやパート含めいつもの半分以下の人数しかいない。だというのに出荷金額は相変わらず多い。

「君のいる七ブロックは捨てるから。朝になったら手伝いが来るからそれまで歯を食いしばって耐えて」

「だからやる前から死刑宣告するのやめてくださいよ」

「不思議と先週までは順調だったのだけどね。人がいなかったはずなのになんでだろ」

と、山口係長はぼやく。猫の手も借りたいとはよく言ったもので、親玉の家来に占拠されていたときのほうがモノノ怪たちのヘルプもあって、日々の業務は順調だったわけだ。

早くも帰宅したい欲求に駆られつつ配置された七ブロックに向かうと、商品は案の定ぶっ溜まりまくっていて、人が動くスペースさえない。この時点でどうやっても終わらない状況なので、もはやどれだけ被害をおさえるかの戦いになっている。

山口係長と同じく死んだ魚の目になりつつ、これから切り崩していく食パンやら団子やらの要塞を眺めていると、ヘラヘラと笑いながら瀬古さんが挨拶をしてくる。

「やあ、今日も悲惨な状況だよねぇ」

「そう思うならきりきり働いてくださいよ。このままじゃ終わりませんて」

「おれ昼勤だし途中で帰るけど」

知っているよ。でも夜勤者は死ぬんだって。

ぼくはあからさまにため息を吐き、イライラしていることを伝えようと食パンのタワーを荒っぽく扱いながら作業をはじめる。しかし工場のトイレからペーパー類をくすねているという疑惑まである男の空気の読めなさは尋常ではなく、

「鞄《かばん》の中に煮干しのパックが入っていたのだけどさ、おれはなんで家からあんなものを持ってきたのかなあ。休憩中のおやつにしては渋すぎるし」

「猫ちゃんにあげるつもりだったんじゃないですか。もういないですけど」

余計にストレスを募らせながらそう答えると、瀬古さんはきょとんとする。

わずか数日のことながら占拠されていたときの痕跡《こんせき》はいまだ残されていて、ぼくにはそれが無性に寂しく思えてしまう。

だからだろうか、自然と口からこんな言葉がこぼれていく。

「……瀬古さん。たとえば文化祭の準備でクラスのみんなと盛りあがって、当日に学校へ行ってみたら誰もいなかったとしたらどうします？」

「なんだいそれ。新手のいじめかい」

「みんな事情があって来れなくなったんです。どういうわけか」

「迎えにいくのではだめなのかな」

「すごい遠いところなんですよ。みんな、すごくすごく遠いところに住んでいるんですよ。だから迎えにはいけなくて、ただ待っているしかなくて、でも――」

ぼくはなんで、瀬古さんにこんな話をしているのか。

モノノ怪についてなにか知っているわけでもないし、ごく一般的なことを相談するときでも絶対に選ばないようなお相手だ。もしかしたら誰でもよくて、答えなんて返ってこないとわかっていて、だけど自分を慰めたくて、口に出したかっただけなのかもしれない。

「遠くたっていいじゃん。ひとりひとり迎えにいけば、そのうちみんな集まるさ」

「だから無理なんですよ。ぼくにはそんなこと」

「ああ、やっぱり君の話なのか。だったらなおさらだよ」

うっかり口をすべらせたばかりに、瀬古さんはいつも以上にいやらしい笑みを浮かべる。どうせ妙な誤解をしてからかってくるつもりだろう。やはり相談相手を間違えた。

しかし彼は眼前にそそり立つ食品のタワーを指さして、

「できない、と思っていたらいつまで経ってもできない。でも、できると思って行動していけば、諦めていたことだっていずれはなんとかなる。できない理由を探すのやめにして、実現するためにどうすべきかを考えていこうか」

「あれ、瀬古さんにしてはずいぶんと建設的な意見ですね……?」

「というわけで休憩に行ってくる。君ならきっとやれるさ」

「ちょっと待った、そうはいきませんよ！　どうせならふたりで地獄を見ましょう」

いやだいやだと暴れる瀬古さんの肩をつかみ、一番重たい団子のタワーを配らせる。

そのぶんぼくの仕事は軽くなって、心なしか気持ちも軽くなって。

だから言われたとおり、自分がどうすべきかを考えてみよう。

◇

それからというもの休みになるたびにモニカを連れて、モノノ怪たちと出会った場所に足を運ぶようになった。高田馬場の傾斜のえぐい坂道から雑司ケ谷霊園へ向かい、夏目漱石の墓前でにゃんこを探す。

しかし猫の親玉はともかくほかの野良の気配さえない。最後に見たドクくんたちは今のモニカと同じような動きをしていたし、幽世との繋がりが途絶えたことでモノノ怪としての力を失っているのだろうか。もしそうなのだとしたら統率がなくなって、方々に散り散りになっているのかもしれない。

そういえば親玉が最後にふっと消えたときの様子は、対戦ゲームで回線落ちしたときによく似ていた。案外スマホやパソコンと同じような感じで通信状況さえよくなれば、あちらから再び現世にアクセスできるのではないか。

ふとそう思いたって、ペット用のおやつをお供えしたりモニカが作った猫踊り用の曲をスマホから流したりと思いつくかぎりのことを試してみたものの、漱石の墓前は相変わらず沈黙を保ったまま。やはりそんな簡単な話ではないらしい。

次の休みは夜中に近所の神社を参拝し、持参した日本酒を片手に花見をする。

すでに桜の花は散り、ひっそりとした境内は空虚な静寂だけが漂っている。かつて感じた神秘的な気配も消え失せているように思え、家主の不在を痛感せざるをえなかった。

そのまた次の休みでは妙義神社を参拝し、さらにまた次の休みは広瀬川の水面で、乙姫様からもらった抜け道の鍵を握ってみる。しかし一向に反応はなく、内心では無意味な行為だと悟っているのに……それでも一縷の望みをかけて、ぼくはひたすら念じ続けた。

そしてバイトの帰り道、決起集会を開いた工場の駐車場をぼんやりと眺める。ここにいたっては休みの日に足を運ばなくとも、普段から通りかかる場所である。

夜明け前はちょうど運送に向かう時間帯なので、列をなしていたトラックが次々と出発していく。あくびを噛みしめながら各地へ飛びたつドライバーさんのおかげで、コンビニやスーパーでは朝のうちからサンドイッチやおにぎりが並ぶ。彼らもまた社会を支える歯車のひとつであり、その業務は社会を支える歯車たちの日々の生活を支えることである。

今ならわかる。この世界に必要とされていないものなんていないのだと。

ぼくは頭上を仰ぎ、紫色から朱色に染まろうとしている空に問いかける。

マンマル様よ、夜空の彼方でなにを思う。壮大な宇宙の尺度で見ればぼくらなんて本当にちっぽけだし、モノノ怪たちだって取るに足らない存在なのだろう。だとしても彼らはあなたに愛されたがっていたし、愛したいと願っていたのに、こんな中途半端な幕切れを用意するなんて、あまりにも身勝手じゃないか。それとも高尚なお悩みで頭がいっぱいで、地上の些末な出来事なんてろくに見ちゃいないのか。

だったら猫の親玉やモノノ怪たちの代わりに、ぼくがあなたに伝えてやる。

踊る阿呆に見る阿呆。

誰も彼もがいなくなって、それでも阿呆のままでいたいなら。

ひとりになったとしても踊りきれ。

◇

「猫踊りの宴を開催するぞ。モノノ怪たちがいなくてもな」

家に帰るなりモニカにそう宣言するも、骨の髄まで猫ちゃんと化した幼なじみはゆるみきったあくびを返すだけだった。

こいつがただの毛玉になっていようと別に寂しくはないし、耐えがたいほどの心細さを感じてなんかいないし、自分だけ呑気にぐーたら飼い猫ライフを満喫しやがってという腹立たしさこそあれど、ぼくとしてはなんら苦痛を覚えるような問題ではない。

……以前ならそんなふうに意地だって張ったのだろうけど、今となってはそんな会話すら懐かしくて、モフモフとした背中をそっと優しくなでてやる。

モノノ怪たちのように消えてしまわないだけマシとはいえ、一週間以上も会話できないというのはことのほかしんどい。せめて人間としての知性だけは復活しないものかとあれこれ試してみたこともあったが、こちらの成果もまったくふるわなかった。

モニカと再び言葉を交わしたいならモノノ怪たちを現世に呼び戻すしかなく、しかしそのための力がぼくにない以上、あとはより上位の存在に頼みこむしかない。

そう、マンマル様である。

モノノ怪たちの思いを伝えるのが猫踊りの主目的だとしても、わざわざ一億四千九百六十キロメートル先まで届けるわけだから、ついでにいっちょ直訴してやろうじゃないか。偉大な御方ならすべてなんとかしてくれるのではないか――なんてご都合主義的かつ他力本願な考えではあるけど、そもそもモニカの呪いを解くために猫踊りのプロデュース計画を成功させようとしてきたわけだし、やってみるだけの価値はあるはずだ。

すなわち目標はひとつで、手段も当初からほとんど変わっちゃいない。ただし乗り越えるべきハードルはありえないほど跳ねあがり、今にも天元突破しそうになっている。

化け猫たちが工場を占拠していないから、予定どおりの場所と日程で開催するだけでも相当に骨が折れる。とはいえそれはぼくが死ぬ気でがんばりさえすれば、まだクリアできる範囲内。問題となるのはやはり、マンマル様の気を引けるかどうかだろう。

そのために猫踊り用の新曲を準備しようとしてきたわけだが、当のモニカがただのにゃんこになってしまったので、決起集会以降は宙ぶらりんのまま放置されている。

「こればっかりは、お前じゃないとどうにもできないよなあ」

「ぎゃっ！」

うとうとしているところで急に話しかけられて驚いたのか、モニカがすささっとタンスと壁の隙間に潜っていく。彼女の姿を追ったときに床に転がったままの電子キーボードが目について、続けて真新しいパソコンに視線を移す。

だとしても、ぼくがやるしかないのだろうか。

天才ミュージシャンである幼なじみと比べたら実力は雲泥の差。音楽的センスは皆無でリズム感もなく、中学時代の合唱発表会では音程を外しすぎて白い目を向けられ、楽器の演奏に挑戦しようとも、いまだ猫踏んじゃったくらいの簡単な曲しか弾けやしない。越えるべきハードルの高さを考えたら、プラモデルさえろくに作れない人間がサグラダファミリアを建設しようとする以上に無謀きわまりない計画である。

しかも夏至の日に宴を催すなら、タイムリミットは残り三ヵ月を切っている。できない理由なら探すまでもなく並んでいて――なのにぼくはにんまりと笑みを浮かべてしまう。

知ったことか。やりたいのだから、やってみるしかないじゃないか。

猫踊りの宴を、親玉が思い描いていたような最高のかたちで。

考えがまとまったところで、ぼくはパソコンを起動して音楽ソフトを開く。決起集会の直前まで調整していたからか、モニカの試行錯誤が未整理のファイルとして残っていた。試しにひとつひとつ再生してみるも、短いフレーズの試作であったり別アレンジだったりで、複雑なパズルのピースが細々と並んでいるような印象だ。

最終的に組みあげられた猫踊り用の新曲は素晴らしい出来だったが、作曲者いわく自己採点は二十点。期日までには満足のいくものにできると豪語していたし、たぶんモニカにはもっと先の、あるべき理想のかたちが見えていたのだろう。あの夜に流したときもマンマル様からの反応がなかった——どころか賑やかな騒ぎを催したにもかかわらず幽世との繋がりが途絶えたことからして、モニカが作ろうとしていた曲を真の意味で完成させることは、猫踊りの宴を成功させるための最低条件になるかもしれない。

ひとまずぼくは、決起集会のときに使った未完成の新曲を再生してみる。するとタンスと壁の隙間に隠れていた天才ミュージシャンがてこてこと近寄ってきたので、ひょいと担ぎあげてひざに乗せてやる。人間としての知性が蘇ったのではないかと一瞬だけ期待するものの、仰向けのまま股《また》をおっぴろげて眠るという羞恥心のかけらもない姿を目の当たりにして、だめだこりゃと肩を落とす。

ぼくは目を閉じて、彼女が作りあげた音楽の世界に浸ってみる。

そうしながら、彼女が探していた宝物がどんなものかと想像してみる。

いわく着想となったのは、かつてぼくが披露したモニホヤ音頭。彼女はぼくの中から作曲にまつわるヒントを見つけて、ぼくはぼくでまた彼女が探していたはずの答えを見つけようとしている。猫踊り用の新曲はマンマル様に届けるためのものではあるのだけど、同時にぼくらふたりの関係を象徴する作品でもあるのかもしれない。

お互いがお互いの隣でぐるぐると回り、大切な思い出をいくつも紡ぎあげてきた。

そう、楽しく踊るように。

「なあモニカ。ぼくが作ってみるよ、お前の曲」

返事のかわりに寝返りをうたれ、前足でぺちんと脇腹《わきばら》を叩かれる。

彼女に言ってやりたい文句は山ほどあるし、だからなんとしてでも素晴らしい新曲を完成させて、憎たらしい毛玉を人間に戻してやらなければなるまい。

この感情が愛だというのなら、そいつを今から音楽にぶつけてやろう。

◇

モニカに代わって猫踊り用の新曲を作る一方で、猫の親玉たちに代わり宴の準備も進めていかなくてはなるまい。すべてが同時進行、しかも日々の生活費やパソコンを買うときに親から借りたお金を返済するためにもバイトは休めないとあって、ぼくの生活は目が回りそうになるほど忙しくなった。

とはいえこちらは、当初の想定よりも順調に進む。なにもないところからぼくひとりで猫踊りの奇祭を開催しようとするのなら、いかに三ヵ月の猶予があったとしても実現は困難だったかもしれない。ただ、うちの工場では毎年いつも七月の頭くらいに納涼祭をやっているから、それを二週間ほど早めてもらって、かつその中にみんなで賑やかに踊るイベントを組みこんでしまうだけでいいわけである。

もちろん言葉にするほど簡単ではないし、ローカルな催しとはいえただのバイト風情があれこれと口出しをするのは難しい。しかし工場の納涼祭は開催にあたって地元の商工会も絡んでいるし、中華料理店を営んでいるモニカの父親が実権を握っているらしいので、そのあたりのコネをうまく使えばどうにかなるはずだ。

というわけで、実行委員として参加したい旨を電話で伝えたところ、

「君のような若者が地域の行事に積極的なのはいいことだ。よい経験になるだろ」

と、いかにも頑固一徹な親父さんらしいコメントが返ってくる。

ついでにインドで武者修行中（ということになっている）モニカについても、そう遠くないうちに連れ戻して実家に顔を出させると約束しておいた。覚悟を決めるためにも、ぼくが背負うものは多ければ多いほうがいいはずだ。

◇

こうしてメトロノームのようにカチカチと揺れているだけだった日常は、徐々にテンポが速まり、やがて疾走感あふれるビートを刻みはじめる。ブンブンサテライツのように、あるいはマン・ウィズ・ア・ミッションのように、フロントガラス越しに見るハイウェイの景色さながらに、時間がめまぐるしく過ぎていく。

だがしかし、曲作りは遅々として進まない。

猫踊りの宴を内包した納涼祭は着々と準備できているというのに――肝心の中身は案の定というべきか、最初からまったくうまくいかなかった。

音楽ソフトの使い方をどうにか覚えたところで、次はなにから手をつけようかと考えて途方に暮れる。音の連なりにすぎないものが、空気の振動でしかないものが、なにゆえ広大な宇宙のごとき、無限の可能性を感じさせてくれるのか。

一ヵ月経ったところで早くなんとかしないとやばいなとは思いつつ、志の高さが実力に反映されるかというとそんなこともなく、二ヵ月目になると乾いた笑いが漏れはじめ、残り一週間を切ったところでプレッシャーのあまり吐くようになった。

やむを得ずバイトを休み、納涼祭の準備もあらかた終わったのでほかのメンバーに任せ、ぼくはよりディープかつドープに音楽の世界に溺れていく。モンスターエナジーの空き缶を積みあげてケタケタと笑い、モップの妖怪がかつてそうしていたようにゆらゆらと背中を揺らし、今のモニカと同じく人間としての知性を失い、ひたすら彼女が残していったメロディを再解釈し、自分なりに愛のかたちを模索する。

目指すは究極、あるべき理想。

そんなものは当然、わからない。すべてが手探りだった。

でも、わからないことが、うまくできないことが、楽しいとも思えた。

ぼくは昔から得意なことしかやりたがらないタイプで、なぜならうまくできない自分を見せるのが恥ずかしいと考えていたからで。

だけど今になってようやく、うまくできないことは別に恥ずかしいことじゃなくて、うまくできなかったとしても伝わるものは必ずあって、だから不器用なりにチャレンジしてみようと思えるようになった。

毎日毎日ぶっ続けでパソコンと向きあい、失神するように眠りにつきながら――やがて夢の中でモニカと出会う。なぜだかふたりとも幼稚園に通っていたころの姿に戻っていて、おもちゃのピアノで遊んでいる。そしてぼくがミスをするたびに、あいつは上から目線でレクチャーしてきやがるのだ。

あーだめだめ。もっと繊細かつ大胆に、感情をこめて。

そのうちに我慢できなくなって、うるせえと言ってやろうと振りかえると、

「あなたが作った曲、楽しみにしているわ」

なんて優しく笑うから、ぼくは言葉に詰まって、ぼろぼろと涙をこぼしてしまう。

ずっとずっと、お前に勝ちたかった。お前のようになりたかった。だけど今こうして音楽と向きあっていると、ぼくはぼくにしかなれないのだと痛感する。

そしてぼくでしかないぼくを、お前はまっすぐに見つめてくれた。認めてくれた。

それがただ、嬉しかったのだ。

◇

朝になって目を覚ますと、くりくりとした猫の瞳が見つめていた。

ぼくは寝ぼけた頭のままパソコンを起動し、デスクトップの日付を見てうめき声をあげる。今日はもう猫踊りの本番。夕方には納涼祭が開かれる。

おそるおそる音楽ソフトを開くと、寝落ちする間際まで調整していた猫踊り用の新曲ver2.0のファイルが残っていた。ぼくは引きつった顔のまま、それを再生する。

ベースは決起集会のときに披露したものとそう変わらない。変更点はモニカが前にサンプリングした猫の鳴き声とか足音を加えて、テクノポップ風の賑やかなアレンジをしたくらい。散々悩んだ末にぼくがやったのはただのミキシング、しかも原曲ままのほうがシンプルでよかったのでは？　と作った本人からして不安になるレベルの仕上がりだ。

ぼくはモニカのほうを振りかえり、

「ほら、こいつはとっておきのラブだぞ」

しかし彼女はモップのような背中をこちらに向けて、ゴミ箱をひっくり返すことに夢中になっている。称賛のコメントはないにしても、せめて反応くらいはしておくれ。

それともぼくの愛と音楽は、丸めた紙くずより価値がないというのか。

とはいえ現時点でチャレンジできる新曲はこれしかないので、あとは覚悟を決めて心《しん》中《じゅう》するほかない。彼女だって夢の中で『楽しみにしている』と言っていたし、

「きっと大丈夫、ぼくなら絶対にやれる。そうだろ、モニカ」

「んな！」

ようやく色よいお返事を聞かせてくれたけど、この状態の幼なじみと暮らしている時間のほうがもはや長いので、ぼくには今の鳴き声の意味がよくわかっている。

これは朝のエサを早く寄こせという催促だ。

◇

夏至は一年のうちで、もっとも日照時間の長い日である。

ぼくは午後の早い時間から顔を出して設営の準備を進めていたのだが、空が暗くなってきたのは納涼祭の開催時刻である六時を大きく過ぎたころ。会場である駐車場にちらほらと来場客が見えはじめたのも同じタイミングで、そこでようやく出店も賑わいはじめ、ローカルながら日本のお祭りらしくなってくる。

残る仕事は午後七時からはじまる『みんなで踊ろう納涼祭』のアナウンスとその司会進行だけ。そこでぼくは工場のイベントに便乗して猫踊りを決行し、マンマル様のところま

で賑やかな宴を届けるわけである。

「うまくいくといいのだけどなあ。やっぱり不安だよなあ」

「おい、なにシケた面してんだ。往来でぼさっとされると邪魔だろうが」

いきなり背後からげしっと尻を蹴飛ばされる。

むっとして振りかえるとモニカの親父さんがいて、

「ビールが足りねえんだよビールが。こんなしょぼくれたお祭り、ビールがなけりゃはじまらねえぞ。ほら早く受け取れ、重たいもんは若いやつが運ぶ！」

「ええとこれ、ぼくも飲んでいいやつですよね」

「焼きそばもあるからそれ運んだら休憩しとけ。ずっと働きっぱなしじゃないか」

ああ、気を使ってくれているのか。ついでに重たいものを運ばせているとはいえ。

というわけでお言葉に甘え、イベント用テントに差し入れのビールを運んだあとはパイプ椅子に座って腹ごしらえ。モニカの親父さんもいっしょに休憩しているので、お互い無言で焼きそばをもしゃもしゃ食べている状況はなかなかに気まずい。

相手のほうもそう思っていたのか、日に焼けた顔をこちらに向けて、

「そういやなんでまた、納涼祭の準備なんてやろうと思ったのかね。君のことは昔からよく知っているけど、こういう行事に参加したがるタイプではなかっただろ」

あんたの娘を人間に戻すためだよ。

と正直に答えるわけにもいかないし、現世から消えてしまったモノノ怪を呼び戻したいなんて話をしようものなら、ただでさえポルナレフみたいな面がさらにポルナレフになってしまうことだろう。モニカの親父さんは日本人に見えないくらい顔つきが濃ゆいのだ。

ぼくはあれこれと考えたあと、彼が納得してくれそうな理由をひねりだす。

「おじさんの言うとおり、自分からなにかするようなタイプではありませんでしたね。でも最近になって、見ているだけだと人生を損しているような気分になったんですよ。だからなんというか、新しいことをやってみようかなと」

「大人になってからもそう思えるのなら大丈夫だ。普通はみんな遊ぶことを忘れちまう」

親父さんがしみじみとそう言ったので、ぼくは苦笑いしてうなずく。

仕事や家庭が忙しくて、生きていくだけでも大変で、だから遊んだり挑戦したりすることが難しくなっていく。でもそれだと、生きていくのが余計にしんどくなるだけだ。

「だからみんなにも思いだしてもらえたらいいなと。ぼくは今、楽しいので」

そんな話をしたところで、ぽつぽつと雨粒が降ってくる。

げっ！　と表情を曇らせるぼくを見て、モニカの親父さんは呆れた顔で、

「この降り方なら直にやむさ。そこまで心配することはねえ」

「だといいんですけどねえ……」

しかし十分、二十分と待っても雨はやまず、猫踊りのイベントはひとまず三十分ほど遅

らせて七時半からスタートすることになる。

六月の下旬だし天候の心配もしていたのだが、朝の予報では大丈夫そうだったので油断していた。来場客も続々とテントや物陰《ものかげ》に避難してきているし、このまま降り続いて延期、ましてや中止となったらぼくの計画ははじめる前から終わってしまう。

祈るような気持ちで外の様子を眺める中、モニカの親父さんがぽつりと呟く。

「さっきの話の続きだが……今みたいに見ているだけってのは歯がゆいもんだし、それがいやだって気持ちもよくわかる。でも見てくれるやつがいるからこそ、がんばれることだってあるだろう。うちの娘の仕事なんてのはまさに典型だな。だから別に見ているだけでも人生を損することにはならねえさ。どっちもやれたらそのぶん楽しいだろうけどな」

そう、かもしれない。

見る阿呆がいなければ、踊る阿呆だって張りあいがない。踊る阿呆がいるから見る阿呆は踊れて、見る阿呆がいるからこそ踊る阿呆は楽しめるのだ。

実のところイベントがはじまるまでに、うちの母親が散歩がてらモニカを連れてくることになっている。衛生管理に厳しい食品工場とはいえ、野外の駐車場だし業務外の納涼祭なので問題にはならないはずだ。

だから今日は見ていてくれ、モニカ。お粗末《そまつ》な新曲だけでは足りないかもしれないけど、ぼくには長年こじらせてきたブラックホールのような愛がある。そいつを星空めがけてぶちこめば、マンマル様にだって届くだろう。

そんなふうに考えながらふと外を見ると、通り雨はすっかりやんでいた。モニカの親父さんがぐっとサムズアップしてきたので、ぼくは立ちあがってこう言った。

「さあ賑やかに騒ぎましょう。歌って踊って、猫みたいに」

第九話　星空いっぱいの猫たちと

猫踊りの企画は中止にこそならなかったが、雨による遅れは悪い方向に響いてしまった。三十分程度とはいえそのまま帰ってしまう来場客も多かったし、ピークタイムの最中だったために言葉どおりの意味で水をさされ、会場全体がかなり盛りさがっている。

司会進行どころか人前に立って話した経験さえろくにないぼくにとっては、ハードモードどころかアルティメットハードな難易度からのスタート。

しかしマンマル様のいる一億四千九百六十キロメートルの彼方まで賑わいを届けるつもりなら、この程度の逆境で折れるわけにはいかない。今さら無茶と無謀が輪をかけて迫ってきたところで恐るるに足らず。ぼくはさっそうとステージに立った。

『よい子のみんなー！　みんなで踊ろう納涼祭、はじまるよー！』

天狗の頭領がやっていた開幕の挨拶を拝借するも、いきなり盛大にスベってしまう。

来場客が揃って「え？」とか「なんだこいつ」と白い目を向ける中、ぼくはコホンと咳払い。むさ苦しい野郎が地下ドルみたいにはしゃいだところで、寒いだけってことですかね。だったら真面目にやるしかない。

『えー、このたびは納涼祭にご参加いただきありがとうございます。例年だと出店で焼きそば食ったりヨーヨー釣りしたりお酒飲んだりして終わりって感じなんですけど、せっかく人が集まるんだからみんなでいっしょにやれるようなイベントがあってもいいんじゃないかなと思いまして、今回このような企画を発案させていただきました』

　路線を変更したのが功を奏したのか、会場にいるみなさんはガヤガヤとしながらもぼくの話に耳を傾けてくれた。子連れの夫婦や集団で遊びに来た高校生のバイトたち、ちょうど休みと重なった従業員や瀬古さんなどの姿も見える。

　と、そこでうちの母親がすっとステージに近づいてきたので、事前に打ち合わせしていたとおり、ペット用のキャリーバッグごとモニカを受け取る。

　ぼくはステージに立ったままガサゴソとやり、

『これ、我が家のにゃんこ様です。猫が路上で踊っている動画、ＹｏｕＴｕｂｅとかで見たことある人いますよね？　あれ撮ったのぼくの幼なじみで、ていうか売れっ子のミュージシャンなんで知っている人も多いかと思いますが。実家の中華料理店も美味《おい》しいですしね』

　すると来場客の多くはモニカの親父さんを見て、どっと笑う。地元出身の有名人だけあって知名度と好感度は相当なもの。人間だったころのモニカと猫のモニカ、その両方をだしにして関心を集める作戦は成功だ。

周囲の注目を一身に浴びながらも平然としている、肝っ玉だけはただの猫ちゃんになっても変わらない幼なじみを高々と掲げつつ、ぼくは企画の趣旨を説明する。

『あの動画みたいに、いっしょに踊ってみませんか。毎日あくせく働いて、息抜きで飲み会やこういうお祭りやったとしても、なんだかんだでみんな大人だから、周りにけっこう気を使っちゃうじゃないですか。なので今日は自分が人間だってことを忘れて、勝手気ままな猫ちゃんになりきって、ひたすら賑やかに騒ぎましょう！』

その言葉と同時にステージ脇に設置されたスピーカーから今朝がた完成したばかりの新曲が鳴り響き、ぼくの全面プロデュースによる猫踊りの企画がスタートする。

ステージのうえでモニカを掲げながら『やー！』だの『それそれ！』だのと踊りだすと、事前の打ち合わせどおりほかの実行委員たちもたどたどしく踊りはじめる。

しかし……思っていた以上に盛りあがらないっ！

今年から唐突にはじめた伝統もクソもないただ踊るだけの企画、しかも内輪のスタッフ以外はほとんど顔を知られていないフリーターが音頭を取っているせいか、来場客のみなさんは遠巻きに様子をうかがってはいるものの誰も参加しようとしない。そのうちにぼく以外の実行委員はしらっとした空気の中で踊り続けるのがつらくなってきたのか、お互いにチラチラと目配せをしはじめる。

これはまずい。はじまったばかりなのに今にもお開きになりそうな雰囲気だ。

ぼくは焦った。

満員電車の中で急にお腹がゴロゴロと鳴りはじめたときよりも切迫した。

見とおしが甘かったと言わざるを得ない。一般のみなさんはモノノ怪たちと違って猫踊りに並々ならぬ執着があるわけではないし、関東の秘境で暮らすグンマー民は夜のクラブやパリピ文化に慣れていない人のほうが多い。いわば昔のぼくみたいなシャイで臆病な人ばかりであることを、もっとしっかり計算に入れておくべきだった。

興味は持ってもらえているとは思う。

手前味噌《てまえみそ》ながら音楽の力も作用している、といっても大半のメロディはモニカが作ったのでぼくの功績ではないが——ともあれ若い子たち、とくに親御さんに連れられてきた小学生や幼稚園児は、踊りの輪に混ざりたくてうずうずしているように見えた。

しかし開始時間が遅れたこともあり全体の割合で見ると数が少ないし、周囲を引きこむほどにはなっていない。

『さあさあ、みんなで！　そこのあなたも、あちらのあなたも、いっしょに！』

ぼくは叫んだ。

奥ゆかしい日本国民、恥と自重の概念に支配された社会人、いい歳こいたおっさんおばさんお兄さんお姉さんに我を忘れて踊ってもらうためには、強いきっかけが必要だ。

なんとしてでも成功させなくては。マンマル様に届けなくては。

覚悟があった。鬼気迫るものがあっただろう。

しかし事情を知らぬものからすれば、なにがなんでも他人を踊らせようと躍起になる男は不気味に見えたかもしれない。ハーメルンの笛吹き男ならぬ猫踊り男、群馬に現る。

空回りしていた。すべてが裏目に出ていた。ぼくはいつだってこうなのだ。

努力すればするほど、がむしゃらになればなるほど――。

「だめだめ、やるなら楽しそうにやらなきゃ。おれが手本を見せてやるよ」

「へ……？」

「君はなあ。自分で言っていたくせに、息抜き目的で必死になってりゃ世話ないぞ」

はっとして振り向くと、瀬古さんとモニカの親父さんがいっしょになって踊っている。

いつのまに意気投合したのか、缶ビールを片手にやんややんやと楽しそうに。

確かに、彼らの言うとおり。

猫踊りで伝えなくちゃいけないのは楽しさであって、覚悟や熱意なんかじゃない。

そう気づいたとき、ぼくも笑った。

「みゃーっ！」

腕に抱えられていたモニカが唐突に鳴き声をあげ、するりと地べたにおりて逃げていく。周囲のおっというどよめきに包まれながら、慌ててぼくはあとを追う。すると音頭を取っていたハーメルン野郎がステージから離れたにもかかわらず、来場客のみなさんは笑い声をあげて賑やかに踊りだした。

なんという皮肉、必死になりすぎないことが最適解だなんて。

ぼくはモニカを追いかける。

昔からそうしていたように、憎たらしい背中が愛《いと》しくて。

ようやく見つけたと思ってひょいと担ぎあげると、腕の中にいるのはうす汚いモップではなく、洗濯したばかりの肌着のごとく真っ白な猫ちゃんだった。

「君はどこのどなたさん？」

首を傾《かし》げて語りかけると、見ず知らずの毛玉も不思議そうな顔をする。彼ないし彼女を地べたにおろし周囲を眺めると、会場のあちこちに野良猫がたむろしていた。

なんてこった。分身の術じゃあるまいに、これでは本体を探すのに骨が折れる。

と、そこでようやく、ぼくは状況の異常さに気づく。

モニカを納涼祭に連れてきたのはある意味マナー違反の強行突破、わざわざ飼い猫や飼い犬を連れてくる人のほうが珍しい。野良にいたっては衛生管理の面で問題があるし、集団による闖入を関係者が許すはずはないのである。

だというのに、誰も気にしていない。

どころかいつのまにか納涼祭にまぎれこんでいた野良猫たちは、我がもの顔で往来を闊《かっ》歩《ぽ》し、来場客が買い与えた焼きそばやケバブをもしゃもしゃと食べている。

まるで今宵の宴を取りしきる支配人のように。我こそが宴の主役なりと示すように。

呆然としながらその光景を眺めたあと、ぼくはさらに不可思議な闖入者を発見する。やけに目つきの悪い黒猫が、駐車場の端っこからこちらをじっと見つめている。その隣に貫禄たっぷりのデブ猫がいて、黄金色にきらめく狐《きつね》がいて、巫女装束の幼子がいて、あきらかに場違いなペンギンがいた。

闇の中でキラキラと、無数の瞳が星空のように瞬いている。

「……そんな、まさか!」

暗闇の中を佇む彼ら彼女らはすぐに消えてしまいそうで、ぼくはみっともなく転びそうになりながら走りだそうとする。

ああ、だけど、そんなに焦る必要なんてなかったのだ。にゃあにゃあぎゃあぎゃあコンコンわははペタペタと、あちらのほうからこっちに向かって勢いよく突っこんでくる。

桜の花びらや色づいた紅葉がひらひらと舞い、アスファルトにハイビスカスやプラナリアが咲き乱れ、鬼火や狐火が会場を怪しい光で染めはじめる。

頭の中に音楽があふれてくる。

心の奥まで音楽が響いてくる。

気がつくとぼくは、賑やかな宴の渦中にいた。

来場客のみなさんはご機嫌な笑顔でカマイタチや河童や天狗の手を取り、子どもたちはがしゃどくろに乗りあげぬりかべにまたがり、スリル満点なタップをアトラクションのように楽しんでいる。この世ならざる光景が広がっているのに誰も彼もが気にする素振りはなく、我を忘れたようにやんややんやとばか騒ぎを繰り広げている。

これはいったい、どういうことなのだろう?

会場を満たしているのは今までに聴いたことのないくらい陽気な音楽で、それはぼくが作ったものではあるのだけど、別の誰かが作ったものでもあって――つまりはひとつのスピーカーから、ふたつの音楽が同時に流れているのだった。

「あんたと歌姫さんのおかげだよ。俺たちモノノ怪だけじゃ無理だった」

目を離していた間に目つきの悪い黒猫がMIYAVIみたいな兄ちゃんになっていて、荒っぽくこちらの手をつかんで踊りだす。魔法をかけられて舞踏会にやってきたシンデレラさながらの気分でくるりと回り、ぼくは夢見心地のままたずねかける。

「もしかして君たちも、猫踊りの宴を開いていたの?」

「ご名答。現世と幽世の繋がりを強めたいなら、両方の世界をうまくシンクロさせりゃいい。といってもあんたがそっちで同じことをやってくれるとは期待していなかったし、俺たちだって最初は諦めていた――おっと!」

会話の途中で天狗の頭領がタックルをかましてきて、ドクくんと立ち位置が入れ替わ

る。相変わらず自由奔放な地下アイドル風のモノノ怪はカカカと笑い、

「なにを野郎同士でいい雰囲気になっておるのだ、妾のことも楽しませろ。猫踊りの宴を同時にやればいいというものではない。お互いの心がひとつにならなければ、このような奇跡は起こらなかった。お前自身はさておき事情を知らぬものたちをも巻きこむとなると、よほどの努力がなければ成し遂げられぬ難事であったろう」

「しかし君は繋いだ。いや、君たちは繋いだというべきかな」

天狗の頭領がぼくをぽんと跳ね飛ばし、今度は稲荷様に優しくキャッチされる。金髪碧眼のイケメンにお姫様抱っこをされながら、

「聴こえるだろう。これは君と、やんちゃなあの子が紡いだ音楽さ。たとえ異なる世界に分断されていようとも、同じ時間、同じ座標、そして同じ思いがこめられた曲――そうやってみなの心をひとつにすれば、ふたつの宴を束ねることができる」

『でも忘れないでね。ワタクシたちはいまだ現世においては曖昧で、泡沫の幻のようなもの。一度でも途絶えてしまった繋がりは、またすぐに断ちきれてしまうの』

稲荷様の腕から解放されたぼくの足元に、乙姫様がペタペタと歩み寄ってくる。その隣には申しわけなさそうな顔をした猫の親玉がいて、

『こちらが先に諦めてしまうとは、なんと情けないことよ。だのにお前はよくやってくれた。今の吾輩に、あの娘の呪いを解く力は残っておらぬ。……それでも』

「わかっていますよ、ぼくとモニカで届けます。ついでにこの状況をなんとかしてもらえないか、マンマル様にお願いしときたいですからね」

『では、あらためて頼むとしよう。吾輩を含めたすべてのモノノ怪が諦めていたときでさえ、あの娘はお前のことを信じておった。さあ行け、そしてみなで踊るのだ！』

ぼくは走った。

暗がりの先、駐車場の隅《すみ》っこにいるモニカのところまで。

◇

『まったくひどい目にあったわ。魂が引っぺがされる感覚っていうのかしら。私としちゃ二度と味わいたくない臨死体験だったのよ』

「お前はいったい、なんの話をしているんだ？」

三ヵ月ぶりに脳内ブルートゥース接続できたと思ったら、モップの妖怪はやけにご機嫌ななめだった。決起集会の夜と同じく地べたに生えたサルノコシカケにちょこんと座り、誰にともなくぶつぶつと愚痴を吐いている。

まったく……感動の再会を台無しにしなくてもよいじゃないか。

『察しが悪いわね。あんたが私の残り汁と戯れている間、本体はモノノ怪の世界で宴の準備を進めていたわけ。なんか身体がうっすら透けていたし、猫ちゃんになるだけじゃなくてオバケにもなるだなんて思わなかったっつの』

「なるほど。現世との繋がりが途絶えたときに、意識の大半があっちに飛ばされたのか」

『わかりやすく言うとそうなるのかしら。まったく、どうせならあのときに呪いが解けちゃえば、アトクサレなく親玉たちとバイバイできたのに』

とあんまりな言葉を呟く。まあ、ぼくも同じようなことを考えたときはあったが。

呪いをかけた親玉の霊力に引っぱられたとか、そんな感じなのだろう。となると彼女の意識の大半は今なお幽世にあって、現世へ戻すためにはやはりマンマル様に直訴する以外にないわけだ。ふたつの世界が繋がっている状況は、そう長くはもたないらしいから。

モニカもそれくらいは考えているだろうに、マイペースなのは相変わらずで、

『よーく耳をすませて。ふたつの音楽が混線しているからわかりにくいけど、私は私で猫踊り用の新曲を仕上げていたのよ。しっかしあなたのほうはひどいクオリティね』

「あのなあ、ぼくはぼくなりにがんばったんだぞ」

『ま、そこは褒めてあげる。しっかり伝わるもの、胸焼けしそうなくらいのラブが』

ぼくはふんと鼻を鳴らす。すると彼女は意外そうに、

『あら、否定しないのね。普段なら顔を真っ赤にして暴れるのに』

「ムキになったところでお前が喜ぶだけだしな。でも、伝わったのならよかった」

モニカのヒゲがぴんと立つ。言葉にするのは恥ずかしいけど、それ以外で表現するぶんには気が楽だ。お互いに向かいあったまま、場内に流れる音楽にしばし耳を傾ける。

ぼくが現世で作ったみっともないアレンジに、モニカが幽世で仕上げた最新版の曲が重なって、なんとも言えない珍妙なハーモニーが生まれている。彼女が作った音だけに集中してみるとこれまた抜群の完成度で、あらためて天才には勝てないなと実感する。

しかし当のモニカは、

『実を言うと私のほうはまだ未完成だったのよね。なにか足りない気がして。でも今こうやってあなたのクソださメロディと合わせてみると、ああ、これだなって思ったわけ』

「そうかあ？　でもまあ、とっちらかっているなりに味があるかもな」

『考えてみるとラブって相手がいなけりゃ生まれないものよね。別々だったふたつがひとつになって、ようやく結ばれる。音楽だってそう。踊るのだって、騒ぐのだって』

ひとりでいるより、ふたりでいるほうが楽しい。

みんなでいれば、もっと楽しい。

狙ってやったわけではないけど、この珍妙なハーモニーこそがぼくらの探し求めていた答えだったのだろうか。そう思いながら聴いているとなんとも不思議な気分になるが、はてさてそれは、一億四千九百六十キロメートルの彼方まで届くだろうか？

ぼくは笑う。モニカがにゃあと鳴く。

言葉にしなくても伝わるものは確かにあって、だから心配はいらなかった。モフモフとした猫ちゃんを抱きあげて、ぼくは宴の中心、ステージ目指してひた走る。

途中でドクくんが、天狗の頭領と稲荷様が、さらには乙姫様や猫の親玉も加わり、酔っぱらった瀬古さんやモニカの親父さんやうちの母親まで加わって——段上にジャンプ！ 鬼火や狐火のスポットライトがパッとぼくらを照らし、スカイフィッシュが宙を飛びまわり、華々しいステージを演出する。

天狗の頭領がパラパラを踊れば、瀬古さんがヲタ芸で対抗する。ぼくがモニカの親父さんに猫ちゃんを手渡すと、正体を知らない親父さんは実の娘を抱えてにやけ面。彼女を再び受け取ったあとで「仲直りできそうかい」とささやくと、渋々といった様子で『善処します』という言葉が返ってくる。

猫の親玉が大音量でシャウトし、まさかのエアギターを披露する。もはやマンマル様のことさえ忘れて熱狂しているように見えるけど、たぶんそれも正解なのだ。使命感や愛も大事だけど、気負いすぎると重荷になる。まずは自分が楽しまなくちゃ、楽しいって気持ちは伝わらない。

会場の盛りあがりがピークに達したところで、腕の中のモニカが叫ぶ。

『さあみんな、準備はいいかしら？　ノリの悪い神様をぶっとばすわよ！』

すると事情を知るモノノ怪たちもまったく知らない人間たちも一丸になって、音楽にあわせてウェーブを作る。直後にモニカが、ロケットのようにダイブ。仰向けになった猫ちゃんはみんなの頭上でクラウドサーフをはじめ、あまりのばかばかしさにぼくは腹を抱えて笑う。といっても幼なじみとしては負けるわけにはいくまいし、彼女のあとを追うように背中からダイブ。

幼なじみといっしょに星空を見あげると、はるか彼方にあるはずの宇宙がずいぶんと近くに感じられた。天狗の頭領の先導でわっしょいわっしょいとかけ声があがり、モニカがケタケタと笑い、ぼくらはお祭りの神輿《みこし》みたいに担がれて激しく浮きあがっていく。

おいおい大丈夫なのかよと思っているうちにスリー、ツー、ワン、とカウントダウンがはじまり、ゼロのタイミングで宙に向かって大きく跳ねる。星々きらめく宇宙がぐんぐんと間近に迫ってきて、わわわっと声をあげてじたばたともがくものの手足が再び地上に戻ることはなく、どころか振りかえってみると会場が豆粒みたいに小さくなっていて、顔をあげると闇に染まった雲を勢いよく突き抜けていて――気がつくとまるで夢を見ているように、星空のただ中を泳いでいた。

『わかったでしょ。これが魂を引っぺがされる感覚よ』

『なんだって？　じゃあ今のぼくらは……』

はっとして自分の身体を見ると、オバケみたいに透きとおっている。

つまりさっきのわっしょいわっしょいで、意識だけ宇宙に吹っ飛ばされたのか？　まったく不可思議が不条理を重ねて、インフレーションを起こしつつあるではないか。

ひとしきり呆れたあとでモニカに近づいて、ぷにぷにとした肉球をぎゅっと握る。無重力の中を漂っていたふたつの魂はひとつになって、はるか彼方に向かって踊りはじめる。螺旋《らせん》を描くようにくるくると回っていると、眼下に浮かぶ青い星は次第に遠くなり、かわりに月が見えてくる。モニカが駄々をこねるから寄り道して、アポロ十一号の乗組員たちが立てた旗の前で優雅にステップ。お次は太陽の光を一身に浴びてきらめく金星で、せーのとタイミングをあわせて足を踏みだして、吹き荒れるスーパーローテーションを突き抜ける。なあに、群馬のからっ風に比べたらたいしたものじゃない。さあ最後は水星だ、しかしこちらは月とほとんど変わらない。ひと休みついでに立ち寄ったあとでぽんと跳ねて、プロミネンス渦巻く太陽の間近をゆっくりと周遊する。

地球からだいぶ離れてしまったが、耳をすませば猫踊りの歓声がやんややんやと聴こえてくる。ぼくの頭の中には音楽があふれていて、心の奥まで響いていて——モニカといっしょにプロデュースした陽気な賑わいは、一億四千九百六十キロメートルを越えて届いている。なのに偉大な御方は相変わらずのすまし顔で、無関心を決めこんだままでいる。

『まったく失礼な話よね。駆けだしだったころに赤坂で路上ライブしたときよりガン無視されちゃっているじゃないの。間違いなく聴こえていると思うのだけど』

『相当にこじらせちゃっているみたいだからな。高尚なお悩みとやらに取り憑かれて、宴の音色に耳を傾ける余裕さえないのかもしれないぞ』

踊る阿呆がはるばるやってきたというのに、お相手は見る阿呆ですらなかったわけだ。届きさえすれば振り向いてもらえる前提で計画を進めていたから、そうでなかったときのことはなにひとつ考えちゃいない。しかしだからといって、

『さて、どうしましょ。ここまで来てすごすご帰るわけにはいかないし』

『こうなったらいっそ耳もとで絶叫しながら踊りまくるくらいの、強引なパフォーマンスをやってみるしかないんじゃないか』

『なにそれウケる、ほとんど嫌がらせじゃん。でもそうね、いっそうるせえって怒鳴《どな》られるくらい賑やかに騒いでみましょうか』

というわけでぼくらは勇気を出して、マンマル様の中心部、灼熱《しゃくねつ》の嵐の中に飛びこんでいく。生身だったら刹那を待たずに蒸発するであろう熱で全身がたぎっているというのに、偉大な御方の心はどういうわけか冷えきっているらしい。

それほどのお悩みとはいかなるものなのか、ちっぽけなぼくらには想像すらできない。だけど知ったことか。マンマル様もいっしょに踊って楽しめばいいのだ。そんな気分じゃなかろうが迷惑だろうが、賑やかな音楽の中にぶちこんでやる。

モニカがにやりと笑い、即興で歌詞を作りましょうと提案する。ぼくは了承し、とっておきのいたずらをはじめる前のように共犯者の笑みを返す。

さあさあ御覧《ごろう》じろ。凡人と毛玉によるムーンウォークならぬサンウォーク。

並んでスイスイと踊りながら、どちらともなく歌詞を紡ぐ。


踊ろう。

星空いっぱいの猫たちと。

歌おう。

ぼくらの思いが届くまで。


すると周囲を真っ赤に染めていた灼熱の嵐が吹き飛び、暗澹《あんたん》とした黒点があらわになる。そこにいたのはひざを抱えてうつむいている、小さくて可愛らしい女の子。

あれがマンマル様。予想どおりというべきか、神々しくもあり相当にメンタルをこじらせているようでもあり、とにかく一筋縄ではいかなそうな闇のオーラを漂わせている。

ぼくらは意を決し、踊り歌いながら近づいていく。それでも彼女はこちらにまったく気づかないのか、頭の中で渦巻いているらしき邪念を周囲に漏れるままにしていた。

◇

我はちっぽけな自分が大嫌いだ。
ほんの田舎にすぎない銀河を眺め、星々をただ照らすだけ。
神であれば誰でもできる仕事。我でなくてもできる簡単な仕事。
昔は歌うことが好きだった。踊ることが好きだった。
音楽を聴いているときだけは、こんな自分でも特別な存在になれる気がした。
アルタイルのような。デネブのような。ベテルギウスのような。
ああ、でも今は、立ちあがる気力さえ湧いてこない。
誰も我の気持ちなんてわかってくれない。このむなしさを理解してくれない。
ならば期待するのはやめにしよう。
日々の務めを放棄しないでいるかぎり、地上のものたちだって困りはしない。
どうせすぐに忘れてしまうだろう。
退屈な我のことなんて、誰も愛してはいないのだから。

◇

モニカが踊りを止めて、ぼくの顔をまじまじと見つめてくる。

まるで誰かさんみたいねと、脱力したように彼女は呟く。

まったく他人とは思えないなと、ため息まじりに言葉を返す。

やけに親しみのある独白であった。

使い古したタオルのごとく、肌になじむ邪念であった。

なるほどこいつは高尚なお悩みだ。痛いほどによくわかる。

結局のところ神様だって、ぼくらとそう変わらないのだ。壮大な宇宙の尺度でみっともなく嫉妬して、自己顕示欲と承認欲求をこじらせてしまうくらいだから。

しかしだからこそ、平凡な人間でも神様に教えてあげられることがある。

自分で立ちあがる気力がないのなら、誰かに手を引いてもらえばいい。

猫の親玉やモノノ怪たちはあなたを待っているし、ぼくらだって一億四千九百六十キロメートルの距離を越えてはるばる会いにきた。これが愛と言わずになんと言おう。これほどの思いが特別でないと誰が言おう。

さあさあマンマル様もごいっしょに、踊る阿呆になりましょう。

音痴でもいい。リズムが取れなくたって構わない。
心の奥から音楽があふれてくるなら。
今のあなたはベテルギウスで、今のぼくらはマイケル・ジャクソンさ。

◇

そんなこんなでぼくらは強引に手を引いて、マンマル様をお持ち帰りする。

地上では相変わらずばか騒ぎが続いていて、念願のお相手を連れてきたっていうのに誰も見向きもしない。仕方がないからステージにあげて紹介のアナウンスをしてやると、偉大な御方はぺこりと頭をさげてはにかみ笑い。すると親玉やほかのモノノ怪たちだけでなくぼくまで彼女の愛らしさにメロメロになってしまい、モニカがべしっと猫パンチを放ってくる。

音楽の力は偉大で、みんなで踊るのは楽しくて、だからぼくたちはひとつになれた。誰も彼もが我を忘れて、やんややんやと賑やかに騒ぎ続ける。

夜が明けるころになってマンマル様はふらふらと寝不足と二日酔いを抱えたまま出勤するというので、寂しくなったらいつでも会いにいきますよと伝えておく。それから三三七拍子《びょうし》をやって、来場客のみなさんが夢うつつのまま撤収していくのを確認する。親玉いわく次に目を覚ましたときにはほとんど忘れているだろうとの話なので、今日の騒ぎによる後遺症を心配しなくていいわけだ。

そんなふうに安心したところで、ぼくはモニカを抱えたまま意識を失った。

◇

身体がバキバキに痛くて目を覚ます。アスファルトに横たわっていたのだから当然か。ステージやテントの解体は寝ている間にモノノ怪たちがやってくれたらしく、なにもない駐車場にいるのは今やぼくらだけだった。隣にいる彼女は気持ちよさそうにぐーすかいびきをかいていて、その懐かしくもだらしのない姿をついつい眺めてしまう。

みすぼらしい毛玉じゃない。

昔からずっと追いかけていた幼なじみが、すぐそばにいる。

しばらくするとモニカも目を覚まし、呪いが解けたことに気づいて抱きついてきた。そこまでならまだ我慢できたのだけど……あろうことかこのばか、猫ちゃんだったときの癖が抜けていないのか、ぼくの頬をぺろりと舐めてくる。

ひゃあと悲鳴をあげてどつき倒すと、彼女も恥ずかしかったのか照れ笑い。

まったくこの調子では、社会復帰するのに時間がかかりそうだ。

とはいえここまで面倒を見てきたのだから、アフターケアだってしてやろう。
珍妙な宴も無事に終わったことだし、となれば日常に戻るだけである。

エピローグ

カチカチカチ、カチカチカチ。メトロノームが揺れている。

珍妙な一夜が明けて以前のような生活を取り戻すと、職場では相変わらず不毛な戦いが待っていた。朝寝て夜起きて働いてまた朝寝て夜起きて働いて、肉体だけでなく魂をもすり減らしていく中で、いつしか自分はなぜ生きているのかと、疑問を覚えはじめる。

しかしそんなときでも、有線放送から流れる最新のヒットチャートに耳を傾けると、ぼくはぼくのままで、ありのままに生きているだけで誰かの力になれるという事実を、はっと思いだすことができる。たとえば呪われて猫になったミュージシャンや、自己顕示欲と承認欲求をこじらせた神様にも、平凡な自分が手を差《さ》し伸《の》べることはできるのだと。

特別な存在にとっての特別が、特別な存在であるとはかぎらない。

輝かしいステージを支えているのはいつだって聴衆であり、つまりは数多のミュージシャンはぼくらのような平凡な存在がいるからこそ、特別であり続けられるのだ。

今こうしてマチュピチュの神殿を築いているインカの民の気分を味わいながら配ってい

る鮭《しゃけ》おにぎりだって、米津玄師とかＲＡＤＷＩＭＰＳのメンバーの朝食になるかもしれない。ぼくの手によって届けられた百九十三kcalがまわりまわって、新たな名曲を生みだす糧《かて》になる。そんなふうに考えてみれば、社会の歯車でいるのも悪くはない。

もちろん自分が特別な存在になろうと、あがいてみたっていいだろう。社会人になってからだって、アラサーになってからだって、定年退職後からだって、夢を追いかけるタイミングに遅すぎるということはない。やりたいときこそ、やるべきときだ。

◇

「なあ君も、正社員登用試験を受けてみないかな」

モニカがどうにか社会復帰を果たし、失踪についての抱腹絶倒の謝罪会見を経て再び人気ミュージシャンとして返り咲いてから半年後のこと。山口係長が唐突ににじり寄ってきて、ぼくをドラフト指名したい旨を伝えてきたのである。

実のところ、前々からそういう話はあった。

しかしバイトのほうが気楽というか、給料アップと引き換えに組織に属する責任が発生するのが嫌で、今まではウヤムヤにしてきたのである。

とはいえさすがに、いつまでもフリーターでいるのもどうかと思うので、

「考えてみます。仕事の内容は今とそんなに変わらないんですよね？」

「まあ残業とか休日出勤は増えるけど、君なら永劫の地獄を生き抜けるさ」

ぼくを誘っているのか逃したいのか、真意が読めないなこの人も。

そこでふと、こちらにも報告したいことがあったのを思いだし、

「正社員の話があったところで悪いんですけど、来月から一週間くらいバイトを休みます。事務の人には前もって伝えておいたので大丈夫ですよね？」

「ええっ！　聞いてないよなんでっ⁉」

「海外に行かなくちゃいけないんです。幼なじみのライブに誘われているので」

すると山口係長は納得したように肩を落とす。

モニカが日本を飛び越えて世界規模で人気になりつつあることは地元の人間なら誰でも知っているし、ぼくが彼女に招待されるような関係であることも、今となっては周知の事実となっている。

以前まで職場では『同級生だった』くらいにしか語っていなかったが、

「そうか、お相手は昔からつきあいのある一般男性……」

「ネットニュースを鵜呑みにしないでくださいよ。あんなのはガセですからガセ」

ぼくは深くため息を吐き、つい先月にすっぱ抜かれたスキャンダルを訂正する。

まったくあいつは世界のどこにいても、多大な迷惑をかけてきやがるのだ。

◇

翌日は休みだったので、というよりモニカのライブに行かなくてはいけなかったので、夜行バスに揺られて成田《なりた》へ向かう。最終目的地はなんとヴェネツィア、あの幼なじみは生意気にも、かの有名なサン・マルコ広場での野外フェスに出演することになっている。

車窓を流れる高速道路の景色を眺めているのも飽きてきたので、暇つぶしにスマホを開くとモニカの交際報道の続報が出ていて、危うく夕方に食べた豚ラーメンを吐きそうになった。彼女のデビューを支えた陰の功労者、両親も公認の仲、たとえるなら猫と飼い主のような関係ですと本人からのコメント――だめだ、もう我慢の限界だ。

ぼくはスマホを閉じ、強く決意する。

再会したらいっちょ蹴りを入れてやろう。昔のように尻のあたりを狙って。

実のところ蹴りを、もといケリをつけなければならないことはほかにもあって、今回わざわざヴェネツィアまで彼女に会いにいく理由のひとつになっていた。

猫踊りなんていう珍妙な出来事の数々に翻弄されてつい忘れがちになっていたが、そもそもぼくがモニカに協力したのは億万長者になりたいがため。より具体的には、彼女が持つ音楽版権のすべてを譲渡してもらう約束をしていたからなのである。

「しかしまさか、あんなものを送ってきやがるとは……」

苦々しい記憶を思いだして、今度は途中で寄ったセブン-イレブンで食べたシュークリームを吐きそうになる。あのときはちょうどドクくんが家に遊びに来ていて、ちなみに親玉や化け猫たちとの関係は今でも続いているのだけどそれはさておき、モニカの代理人を名乗る女性からなにやら禍々《まがまが》しげな代物を受け取ったのである。

横で見ていたドクくんは腹を抱えてゲラゲラと笑った。変化が解けて毛玉に戻りそうな勢いだった。ぼくが受け取ったのは存在こそ誰もが知っているものの人生のうちで目にする機会は数えるほどもない書類であった。

「資産を共有したいのであれば、実に手っ取り早い契約ではあるさね」

ドクくんが面白い冗談を言ったあとのような笑みを浮かべる。

見間違いでなければ、その書類には『婚姻届』と記されていた。

コンイントドケ。ソロモン七十二柱にいた気がする。

なるほど、悪魔に魂を売るには役所での手続きが必要なのか。

ぼくが書面に実名と捺印《なついん》を入れて提出したかどうかについてはノーコメントを貫くとして、ともあれ事後の報告をするために一度はモニカに会わなければならない。

億万長者という餌に釣られてだとか、またスキャンダルをぶちこまれるくらいならだとか、あれこれとしょーもない言い訳を用意したうえで。

◇

水の都と呼ばれるヴェネツィアは、世界でも有数の美しい街だという。

しかしぼくは観光を楽しむことなく、ひたすら空港で時間を潰したあげくタクシーで滞在先のホテルに直行させられるはめになった。

すべてはあの、計画性という概念を持たない幼なじみのせいである。はるばる日本から会いにきたというのに、待ち合わせをドタキャンしやがったのだ。

忙しいのはわかる。しかし代理人を寄こすなりそれが無理でもせめて連絡を寄こすなり、なんらかのフォローをしてほしいところ。まったく、自分本位にもほどがあるだろ。

そんなわけでむしゃくしゃしながらチェックインし、モニカが手配してくれたにしてはそう悪くないホテルの一室でひと休みする。

窓を開けると古都ならではの煉瓦造《れんがづく》りの街並みと青々とした水路のコントラストを一望できて、異国の地で待ちぼうけを食わされた怒りも徐々に静まっていく。部屋の窓のすぐ隣にある民家の屋根に視線を移すと、煤《すす》で汚れたような灰色の野良猫がこちらをじっと見つめていて、さらになごんでしまう。

田んぼと畑しかないど田舎の群馬でも、ファンタジー世界さながらに情緒漂うヴェネツィアでも、みすぼらしい毛玉は我がもの顔でこの世を闊歩しているわけだ。

しかも昔から動物に好かれるぼくだけに、にゃんこのほうからこちらに近づいてきて、

『どーも。おひさしぶりと挨拶するべきかしら』

「は……?」

頭の中にささやきかけてきやがった。

しかもその声は、どうにも忘れがたい音色で。

というより、ぼくのよく知っている幼なじみのもので。

『二度目ともなれば説明はいらないわよね。また呪われてしまったの』

いや、説明してくれよ。

あまりのことに今、頭が真っ白になっているぞ。

呆然としながら雑巾の妖怪と見つめあったのち、ぼくはおそるおそる問いかける。

「今度はどこの猫ちゃんだ。ヴェネツィアだけにケットシーか」

『あら、よくわかったわね。ライブのリハーサル前に散歩していたら妖精《ようせい》の国にうっかり迷いこんじゃってさ。なんか色々あって猫妖精にされたあげく元の姿に戻るためには千年くらい地の底に封印されていた魔眼のバロールを再び眠りにつかせるために交響楽団を指揮しなくちゃいけなくなったの。まったく迷惑な話があったものよね』

それはこっちのセリフだ。

モノノ怪の次は妖精。しかも今度のお相手は魔王とか邪神と呼ばれるやつじゃないか。

「冗談も大概にしてくれないか。毎度毎度こんなばかげた話につきあわされるなんて、億万長者にしてもらったって割に合わないぞ……」

『だいじょーぶだいじょーぶ。愛があればきっと乗り越えられるから』

モニカはケタケタ笑いながらそう言ったあと、ぼくの胸にひょいと飛び乗ってくる。

できることなら放りだしたい。

しかしアンコールが叫ばれているからには、彼女とまた踊るほかにないのであった。

この作品は書き下ろしです。

講談社
タイガ

〈著者紹介〉

芹沢政信（せりざわ・まさのぶ）

群馬県出身。第9回MF文庫Jライトノベル新人賞にて優秀賞を受賞し、『ストライプ・ザ・パンツァー』でデビュー。小説投稿サイト「NOVEL DAYS」で開催された、講談社NOVEL DAYSリデビュー小説賞に投稿した『絶対小説』にてリデビューを果たす。

吾《わが》輩《はい》は歌《うた》って踊《おど》れる猫《ねこ》である

2021年1月15日　第1刷発行
2022年1月19日　第2刷発行
定価はカバーに表示してあります

著者……………………芹《せり》沢《ざわ》政《まさ》信《のぶ》

発行者……………………鈴木章一
発行所……………………株式会社 講談社
〒112-8001 東京都文京区音羽2-12-21
編集03-5395-3510
販売03-5395-5817
業務03-5395-3615

KODANSHA

本文データ制作…………講談社デジタル製作
本文印刷・製本…………株式会社講談社
表紙印刷……………………豊国印刷株式会社
カバー印刷…………………株式会社新藤慶昌堂
装丁フォーマット…………ムシカゴグラフィクス
本文フォーマット…………next door design

ISBN978-4-06-522158-7　N.D.C.913　244p　15cm

講談社
タイガ

君と時計シリーズ

綾崎 隼

君と時計と嘘の塔

第一幕

イラスト
pomodorosa

大好きな女の子が死んでしまった——という悪夢を見た朝から、すべては始まった。高校の教室に入った綜士《そうし》は、ある違和感を覚える。唯一の親友がこの世界から消え、その事実に誰ひとり気付いていなかったのだ。綜士の異変を察知したのは『時計部』なる部活を作り時空の歪みを追いかける先輩・草薙《くさなぎ》千歳《ちとせ》と、破天荒な同級生・鈴鹿《すずか》雛美《ひなみ》。新時代の青春タイムリープ・ミステリ、開幕!

講談社
タイガ

君と時計シリーズ

綾崎 隼

君と時計と塔の雨

第二幕

イラスト
pomodorosa

愛する人を救えなければ、強制的に過去に戻され、その度に親友や家族が一人ずつ消えていく。自らがタイムリーパーであることを自覚した綜士《そうし》は、失敗が許されない過酷なルールの下、『時計部』の先輩・草薙《くさなぎ》千歳《ちとせ》と、不思議な同級生・鈴鹿《すずか》雛美《ひなみ》と共に、理不尽なこの現象を止めるため奔走を始める。三人が辿り着いた哀しい結末とは!?　新時代のタイムリープ・ミステリ、待望の第二幕！

講談社
タイガ

大正箱娘シリーズ

紅玉いづき

大正箱娘
見習い記者と謎解き姫

イラスト
シライシユウコ

新米新聞記者の英田紺《あいだこん》のもとに届いた一通の手紙。それは旧家の蔵で見つかった呪いの箱を始末してほしい、という依頼だった。呪いの解明のため紺が訪れた、神楽坂《かぐらざか》にある箱屋敷と呼ばれる館で、うららという名の美しくも不思議な少女は、そっと囁《ささや》いた——。「うちに開けぬ箱もありませんし、閉じれぬ箱も、ありませぬ」謎と秘密と、語れぬ大切な思いが詰まった箱は、今、開かれる。

講談社タイガ

大正箱娘シリーズ

紅玉いづき

大正箱娘
怪人カシオペイヤ

イラスト
シライシユウコ

時は大正。巷《ちまた》に流行《はや》る新薬あり。万病に効くとされるその薬の名は——「箱薬」。新米新聞記者の英田紺《あいだこん》は、箱娘と呼ばれる少女・うららと調査に乗り出す。一方、病に冒《おか》された伯爵の館には怪人・カシオペイヤから予告状が届く！　館では陰惨な殺人事件も発生し、現場に居合わせた紺は、禁秘の箱を開き「秘密」を暴く怪人の正体を知ることに。怪人が狙う帝京に隠された謎とは!?

講談社
タイガ

バビロンシリーズ

野崎まど

バビロン　I
―女―

イラスト
ざいん

東京地検特捜部検事・正崎善《せいざきぜん》は、製薬会社と大学が関与した臨床研究不正事件を追っていた。その捜査の中で正崎は、麻酔科医・因幡信《いなばしん》が記した一枚の書面を発見する。そこに残されていたのは、毛や皮膚混じりの異様な血痕と、紙を埋め尽くした無数の文字、アルファベットの「F」だった。正崎は事件の謎を追ううちに、大型選挙の裏に潜む陰謀と、それを操る人物の存在に気がつき!?

講談社タイガ

バビロンシリーズ

野崎まど

バビロン　II

―死―

イラスト
ざいん

64人の同時飛び降り自殺――が、超都市圏構想〝新域〟の長・齋開《いつきかい》化《か》による、自死の権利を認める「自殺法」宣言直後に発生！暴走する齋の行方を追い、東京地検特捜部検事・正崎善《せいざきぜん》を筆頭に、法務省・検察庁・警視庁をまたいだ、機密捜査班が組織される。人々に拡散し始める死への誘惑。鍵を握る〝最悪の女〟曲世愛《まがせあい》がもたらす、さらなる絶望。自殺は罪か、それとも赦《ゆる》しなのか――。

講談社
タイガ

〈名探偵三途川理〉シリーズ

森川智喜

ワスレロモノ

名探偵三途川理 vs 思い出泥棒

イラスト
平沢下戸

　魔法の指輪で人の記憶を宝石にする青年・カギノ。彼は相棒のユイミとともに、ある宝石を求め「思い出泥棒」として活動している。舞台女優の台詞、スキャンダルの目撃……依頼に応じて記憶を盗むカギノの仕事は完璧。しかし行く手に悪辣《あくらつ》な名探偵・三途《さんずの》川理《かわことわり》のどす黒い影が!?　本格ミステリ大賞をデビュー最速で受賞した〈名探偵三途川理〉シリーズ、待望の最新作がタイガに登場！

講談社
タイガ

〈名探偵三途川理〉シリーズ

森川智喜

トランプソルジャーズ
名探偵三途川理 vs アンフェア女王

イラスト
平沢下戸

アンフェア女王の独裁により、平和が失われた魔法の国。ここでは、意思を持つトランプを使ったゲームによって処刑が決定されてしまう。善良なる時計屋のウサギ・ピンクニーは、店に迷い込んできた少年・三途川理《さんずのかわことわり》を助けてやったとばっちりで、この「絶対勝てない」トランプの決闘に挑むことになってしまい……。冷酷無比な俺様少年、〈名探偵三途川理〉シリーズ、最新作！

講談社
タイガ

アンデッドガールシリーズ

青崎有吾

アンデッドガール・マーダーファルス　2

イラスト
大暮維人

1899年、ロンドンは大ニュースに沸いていた。怪盗アルセーヌ・ルパンが、フォッグ邸のダイヤを狙《ねら》うという予告状を出したのだ。

警備を依頼されたのは怪物専門の探偵〝鳥籠使い〟一行と、世界一の探偵シャーロック・ホームズ！　さらにはロイズ保険機構のエージェントに、鴉《あ》夜《や》たちが追う〝教授〟一派も動きだし……？　探偵・怪盗・怪物だらけの宝石争奪戦を制し、最後に笑うのは⁉